事故物件7日間監視リポート

岩城裕明

角川ホラー文庫
22055

目次

一日目

鼻から息を吸う。四月だというのに、雑木林から吹いた風は西瓜の香りがした。

今朝方まで降っていた雨の名残だろうか。湿気を帯びた青臭い空気を吸っては吐き、吸っては吐き、マンションの階段をのぼる。

建物はL字型で、長い辺に六部屋、短い辺に三部屋あり、折れ曲がったところに階段とエレベーターがある。

じゃり、じゃり、じゃり、と響く足音。

「なんでエレベーター、使わないんですか？」

後ろをついてくる優馬が訊く。とくに意味はなかった。強いて言えば、雰囲気に体を馴染ませておきたかった。

「ダイエットだよ」おれはカメラの入ったリュックを背負い直す。

「穂柄さん、べつに太ってないじゃないっすか」

「そりゃどうも」

手摺りから顔をだすと、下は駐車場になっていた。車の数は少なく、空いた白線の中で、子供たちが円形に手をつないでクルクルと回り、何が楽しいのかケラケラと笑っている。

マンションは山の中腹に半ば埋もれるような形で建っていた。敷地を囲った金網から鬱蒼とした雑木林がこぼれている。

息が荒くなり、背中に汗を感じ始めたところで九階に着いた。廊下は薄暗かった。曇っているとはいえ、まだ昼の一時である。電灯はついておらず、雨水を流す溝に影が溜まっていた。

とても静かだ。駐車場で遊ぶ子供たちの笑い声が届く。

窓とドアが交互に並んでいる。そのすべてが空き部屋だった。

空欄の表札が続く。窓にカーテンはなく、曇りガラスは暗闇で染まっている。

目的の九〇九号室は一番奥の部屋だった。

「ここですか？」優馬が訊いた。

びょうびょうと季節の変わり目に吹く強い風が鳴いた。

おれはため息をつき、預かった鍵をポケットから取りだす。しばらく使われていなかった鍵穴は何度か抵抗を見せたあと、しぶしぶと受け入れた。

部屋の中が空だからか鍵を回した音が妙に響いて聞こえた。

ノブを回して引く。気圧のせいかドアがひどく重かった。

一瞬、このままドアを開けず帰ろうかなと思った。しかし、すでに前金を受け取っている手前、そういうわけにもいかず、しかたなく力を入れ直して、ドアを開けた。

やはり気圧のせいだったのだろう。

開いた瞬間、中へと空気が流れ、引きずり込まれるように感じた。

※

この部屋の存在を知ったのは二週間前のことだった。

高校の同級生だった藤木篤(ふじきあつし)から連絡があり、「昼飯をおごってやる」と呼びだされた。

夜は居酒屋と思われる店に入ると、すでに藤木は席についていた。ビジネス街の昼時とあって、店はスーツ姿の人間で埋まっていた。アロハシャツにカーゴパンツ、サンダル履きのおれは、いそいそと席につく。

「あいかわらず気楽そうだな」と藤木。

「今日は相手がお前だからだよ。いつもはもう少しちゃんとしている」少なくともサンダルではない。

藤木とは文芸部という掃き溜めで高校三年間を一緒に過ごした仲だった。彼は大学に進学し、今は不動産会社に勤めている。対するおれは進学せず、バイトをしながら小説を書いていたが、とくに日の目を見ることはなく、今はリサーチ会社を経営している。「会社」を「経営」していると言えば聞こえはいいが、その実、おれしかいない個人事務所で、ただの自宅だった。

「食っていけてんのかよ」藤木がサワラの西京焼きをほぐしながら訊いた。

「なんとかな」おれは一番値段のはる刺身定食を注文する。

調査会社でバイトしていたこともあり、そこから仕事を回してもらえるのと、事務所兼自宅が入っているビルが祖父のものなので、家賃がかからないこともあって、一人ならどうにかやってこられた。

「でも、もう一人じゃないだろ」藤木がニヤニヤと笑う。

その通りだった。おれは半年前に入籍したところで、ふた月後には子供が生まれる予定だった。

「美海ちゃん元気？」

「直接訊け」

妻の美海は同じ文芸部の一つ下の後輩だった。なので、藤木や藤木の嫁とも交流がある。おれを除いた三人は宝塚のファンで、チケットが取れると集まって観劇にいっているようだ。

「で、用件は？」おれは醬油にワサビを溶かしながら訊く。「まさか、近況を聞くためだけじゃないだろ？」

すると、藤木は顔から笑みを消して、ビジネスバッグからA3サイズの茶封筒を取りだした。

「御社に調査を依頼したいと思いまして」

封筒の中にはクリアファイルに挟まれた数枚の紙が入っていた。一枚目には「心理的瑕疵あり物件・九〇九号室に関する調査依頼」と書いてあった。

「マジで？」

藤木を見ると、茶碗を手に肩をすくめている。クリアファイルから出して資料をめくる。二枚目には部屋の間取りが描かれていた。

藤木曰く、その部屋で数年前に自殺があったという。自殺大国の日本で不動産業をしていれば、ままあることだと困ったように笑う。

しばらくは遺族が住んでいたものの、数ヶ月後に出ていき空き部屋となった。事故物件ということもあって心配していたが、家賃を二割ほど下げたおかげか、幸い新しい住人はすぐに見つかった。しかし、その住人がひと月も経たずに出ていってしまう。当時の担当者は、そのことをとくに疑問には感じず、むしろ「よかった、これで告知義務がなくなる」と喜んでいたそうだ。

事件や事故があった物件は、新しい入居者に事故物件であると告知しなければならない決まりなのだが、ひと組でも入居者を挟めば、以降、告知する義務はなくなるのだと言う。なので、しれっと家賃を元に戻し、新しい入居者が決まるのを待った。事故物件だったことを除けば薦めづらい物件というわけでもなかったので、ほどなくして新しい入居者が決まる。

ホッとしたのも束の間、彼らもまた半月ほどで出ていってしまう。今回はそれだけでなく、数日とおかずに隣の住人までが出ていくという事態になる。さらに、その流れは止まらず、次々と九階の住人たちが退去していく。新しい入居者が決まる前にドンドンと出ていき、最終的にはマンションの中で九階だけが無人という異様な状態となってしまう。

こうなると、条件を見ていいなと思った客も、内見に来てみたらフロアすべてが空き部屋なので、気味悪がって入ろうとはしなかった。

「そこで九階全体をリフォームすることになったんだけど、その前に、一度調査しておこうって話になって」

「おれに白羽の矢が立ったと」

「立てたんだよ、おれが」藤木が恩着せがましく言う。

期間は一週間。

九〇九号室及び周辺の調査。

報酬は悪くなかった。悪くないどころか、これからのことを考えれば、ありがたい額だった。もしかしたら、この依頼が藤木からの出産祝いなのかもしれない。

「これって、どっち？」

「何が？」

「何かが起こった方がいいの？　それとも何も起こらない方がいいの？」

それによって報告書のトーンが変わってくる。もし、依頼者が心霊現象を求めているのなら、たとえ何も起こらなかったとしても、「音がした」「気配がした」「寒気がした」といったようにちょっとした現象を細かくひろって、大きく広げて派手な報告書を作成することもできた。

「形だけだし、どっちでもいいよ。調査をしましたっていう報告書さえ渡しとけば上は納得するから」藤木は定食を食べ終え、爪楊枝をくわえる。「まあ、気楽にやってくれていいよ」

刺身定食はハマチ、マグロ、イカの三品で可もなく不可もなくといった味だった。それからしばらく雑談をする。藤木は少し前から筋トレにはまっているらしく、ジムにしきりに誘われたが、断った。よくよく見ればシャツごしにも大胸筋が盛り上がっているのがわかる。高校生の時には、部室でマンガ雑誌を読みながら、かけ声をあげている運動部の連中を馬鹿にしていたというのに嘆かわしいことだ。

筋肉馬鹿とは店の前で別れ、電車に乗り、事務所へ戻った。

磨り硝子のドアに、「穂柄リサーチ」とだけ書かれた味も素っ気もないプレートがかかっている。

ドアを開けると、風鈴に似た軽やかなベルが鳴る。フローリングのフロアに長テーブルに椅子が四脚。壁にはファイルや書籍の入ったラックがある。カーテンで仕切られて奥が住居スペースになっており、簡易的なキッチンやベッドがある。数日前までは衣服が散乱していたのだが、今は段ボール箱に詰められている。近々、事務所はそのままに、住居だけ引っ越す予定だった。

自分ひとりならともかく、風呂なしトイレ共有の事務所に美海と生まれてくる赤子を住まわせるわけにもいかない。とはいえ、まだ物件を探している最中で、現在は美海のアパートに身を寄せている。

椅子に座り資料を確認しながら、経費を見積もっていると、ドアベルが鳴る。前の席にボサボサの髪をした男が座るなり、突っ伏した。

「穂柄さーん、聞いてくださいよー」優馬が情けない声をあげる。

彼は近所にある大学に通っている学生だった。バイトで何度か調査を手伝ってもらったことがあり、それからとくに用もないのに来るようになった。

「聞いてるよ」おれはノートパソコンから視線を外さずに答える。

「あ、コーヒーいただきますね」

優馬は立ち上がると、キッチンを勝手に使い、カップをふたつ持って戻ってくる。

「ありがとう」受け取ったカップからコーヒーの香りが漂う。

「穂柄さーん、聞いてくださいよー」

「聞いてるよ」カップに口をつける。熱さに唇がヒリついた。

「どうやったら学校って行く気になるんですか？」優馬はカップに息を吹きかける。

「寝るときは明日こそ学校に行くぞって思うんですけど、朝、アラームに起こされると、この世に眠ることより大切なことなどないって気持ちになるんです。アラームがいつの間にか消されていて、気がついたらお昼を回っていて、今、ここにいるわけです。ぼく、向いてないんですかね、学生」

「優馬くんさ」おれはカップを置き、視線を上げる。「心霊現象って信じる？」

「なんですか、いきなり」

「テストです」

「うわ、緊張する」優馬が姿勢を正す。「えーっと、信じるも何も、何かしらの現象があったとして、それを心霊とするかは、その人次第じゃないですか」

「うん、わかりやすい」

たとえば「突然、開いていたドアが閉まった」とする。それを「部屋の気圧が変化したから」とするか、「幽霊が閉めた」とするかは、それを観察していた人間次第というわけだ。

「優馬くんさ」ノートパソコンを閉じる。「一週間ぐらい暇？」

優馬は目をぐるりと回して、「はい、暇です」と答えた。

「大事な授業とかない？」

「なくないことはないです」

「え、どっち？」

「大事な授業はありますけど、暇です」

「バイトする？」

「します」

　おれは九〇九号室の資料を差しだす。優馬は資料に視線を落とし、「心理的瑕疵あり物件の調査」とつぶやいたあと、「マジっすか」と笑った。

※

「お邪魔しまーす」

　九〇九号室に足を踏み入れた優馬がうかがうような声をあげる。もちろん返事はない。

　玄関からフローリングの廊下が続き、左手に一部屋、右手に洗面所とバス、トイレが並んでいる。洗面所をのぞくと、洗濯機を置く受け皿が暗闇に沈んでいた。

　廊下の先は、ダイニングとリビング、カーテンのないガラス戸、ベランダまでが一直線に見える。入り込んだ外の明かりが、うっすらと積もった埃を照らしている。

　用意しておいたスリッパに履き替えてあがる。足跡を残しながら進み、ダイニングへ入る。

「一度、拭き掃除をした方がいいな」

「ですね」優馬がガラス戸を開ける。

風が入り込み、よどんでいた空気が攪拌される。

リビングの隣は和室になっていた。仕切りの障子は取り外されており、リビングとひと続きになっている。仲良く日に焼けた畳と押入れの引き戸が見えた。

埃をスリッパの裏で掃き、そこへリュックを下ろす。拭き掃除をしようとタオルを取り出し、キッチンへ向かう。事前に水道だけは使えるようにしてくれと藤木に頼んであった。

ご、ご、ご。

蛇口をひねると、せき込むように水の塊が落ちた。しばらくして、スムーズに流れ始める。濡らして堅く絞ったタオルを優馬へ投げる。「いて」と肩の辺りに当たって床に落ちた。

自分用にもう一枚濡れタオルを作り、手分けして拭き掃除をした。

七年前に大場瞳という女性が、この部屋のリビングで自殺している。発見者は夫の大場紀夫で、仕事から帰ってくると、リビングには血溜まりができており、妻が胎児のように丸まっていたそうだ。一見すると他殺と思われる状況だったが、現場検証と解剖から、自殺だと断定される。

彼女は出刃包丁で自らの腹を裂き死んでいた。つまり、切腹である。いくら日本が自殺大国であり、切腹が日本独自の自殺方法だとしても、現代ではあまり見られるものではない。当時の新聞を調べてみると、「マンションで女性の変死体が発見された」といった記事になっており、週刊誌では「主婦が切腹か？」という見出しで書かれていた。

更に次の週になると、見出しはこう変わる。

「妊婦が切腹か？」

自殺した当時、彼女は妊娠していた。

八ヶ月目だったという。

本文には「お腹の中の子供と無理心中」「夫の浮気が原因か」「リビングは血の海だった」などとあった。文面から想像するだけでも凄惨(せいさん)な現場だったとわかる。これほど恐ろしいことが起こった場所なら心霊現象が起こってもおかしくないような気がする。

彼女がなぜ自殺したのか、どんな思いを抱いてこのような方法を選択したのかはわからない。ただ、恐ろしい出来事には、それに相応(ふさわ)しい理由や感情があったのではないかと考えてしまう。その怨念(おんねん)はまだ部屋に残っているのではないか、そう思ってしまう。

恐ろしい事件が起こった場所は恐ろしい。

一度恐ろしいと感じてしまったら、もう元の状態には戻れない。

だから、優馬にはこの部屋で起こったことの詳細を伝えていない。藤木から受け取った資料も表紙だけを見せて、中身を見る前に引っ込めた。本来なら心理的瑕疵あり物件の調査であることも伏せたかったのだが、いきなり見知らぬ部屋で一週間寝泊まりしろと言っても仕事を受けてくれるかわからなかったし、まったく何も知らないというのは、それはそれで違う恐ろしさが出てきてしまう。

心理的瑕疵あり物件であるということしか知らない人間が、この部屋で何を感じて何を見るのかを観察したかった。それは、すでに詳細を知っているおれには出来ないことだ。今だって、リビングの床を拭く優馬を見て、無意識のうちに妻の血を拭き取る夫の姿を重ねてしまっている。

「なんですか?」じっと見ていると、優馬が不審そうに声をあげる。「気持ち悪いんですけど」

「そのまま純粋でいてくれな」

「意味がわからないです」

優馬には情報を伏せる意図を説明し、調査が始まってからもネットで検索しないように伝えてあった。

掃除を終えると、リビングと和室の隅に三脚を立て、二つのカメラを線対称に設置する。和室のカメラはベランダ側から押入れに向けて置き、リビングのカメラは廊下、キッチンが入るようにセットした。

「どっちの部屋で寝る？」おれはリュックから寝袋を取りだしている優馬に訊いた。

「やっぱ、フローリングよりは畳ですかね」

「じゃあ、ちょっと寝てみて」

和室の真ん中に寝そべる優馬。おれは三脚を上げて、つま先から頭の先までが画角に収まるよう調整した。カメラの映像をリアルタイムで確認できるアプリを、あらかじめノートパソコンにダウンロードしてあったので、それがちゃんとリンクしているかを確認する。モニターにも優馬の全身が映っているのを確認し、閉じる。本番は夜になってからなので、カメラの電源は一度落としておいた。

カメラのそばに予備のバッテリーや電気ランプを並べる。

この部屋は電気やガスが止まっているので、充電をしたり、風呂に入ったりはできない。それはあまりに不便ということで、一階にある管理人室を使用していいことになっていた。管理人室には窓口の他に、寝泊まりができる部屋があるのだが、勤めている管理人が自宅から通っているため、現在は使われていないとのことだった。そこで九〇九号室で寝泊まりするのは優馬だけにし、おれは管理人室からモニター越しに監視するという形にした。

九階に上がる前に自分の荷物は管理人室に置いてきてあった。

「いいなあ、穂柄さんの方には文明があって」

電気ランプの明るさをチェックしながら優馬が言った。

「電波が入るんだから、ここだって十分に文明的だよ」

おれはスマートフォンを取りだし、藤木にメッセージを送る。

「準備完了。今夜から調査を始めるよ」

すぐに返信がくる。

「はいよ。ご武運を」

筋肉質の男が笑顔でサムズアップをしているスタンプが続く。

見ると優馬もタブレットを操作しており、「ホラー映画でも見ようかな」とつぶやいている。

いつの間にか、外の明かりが茜色に変わっていた。来た時にはあった雲が消え、山間に沈もうとしている夕日が見えた。

「買いだしに行くけど、何か欲しいものある？」

駅からマンションに向かっている道中にドラッグストアとスーパーマーケットがあるのを確認してあった。

「あ、ぼくも行きますよ」優馬がタブレットから顔を上げる。

「え、ダメだよ」

「え？」

顔を見合わせる。

基本的に、優馬には風呂を借りに管理人室へいく時以外は、部屋で過ごしてもらうつもりだった。

「あ、もう始まってるんですか軟禁」と優馬。

「始まってるよ軟禁」とおれはニッコリ笑う。「晩飯も買ってくるけど、何がいい？」

「じゃあ、精のつくものを」

「了解」

部屋を出てエレベーターへ向かう。

子供たちの声は聞こえなくなっていた。

もう帰ったのかなと下をのぞくと、見上げている子供たちと目が合った。え？　と思った瞬間に子供たちは何事もなかったかのように再び遊び始め、ケラケラと笑い声をあげ始めた。

エレベーターのボタンを押すと、上からカゴが下りてきてドアが開く。トートバッグを肩に掛けた女性が乗っており、乗り込むおれを見て目を見開いている。乗り込みドアが閉まる。

動き出してしばらくすると、「あの」と声をかけられた。

年齢は三十代の後半ぐらいだろうか。明るめの茶色に染めた髪をシュシュでまとめている。最低限の化粧と飾り気のない服装から考えて、夕飯の買いだしに行くところのようだ。

「引っ越してこられたんですか？」と彼女。

「あ、いや」どう答えたものか、少し考える。「リフォームの事前調査をしてるんです」

「あ、そうなんですか」彼女は良かったというように表情を和らげた。

マンションの住人が九階のことをどう思っているのかが気になり、「いろいろあったみたいですね」と探りを入れてみる。

「ええ、まあ」彼女は眉を寄せて笑みを浮かべる。

そこでエレベーターが一階に着く。

「どうぞ」手を差し出し、先を譲る。

すると、彼女はトートバッグに手を入れ、「これ、よかったら」と透明な袋に入った粉薬のようなものを差しだしてくる。

「え、なんですか？」おれは思わず身を引いてしまう。

「塩です」

「塩？」

「私が護摩行をしている時にかいた汗からつくった塩です」

護摩行って、なんだっけ？

しばらく考え、火に木をくべて祈る姿を思いだす。テレビで有名人がやっているのを見たことがある。たしかに汗をかいていた。

「これ、魔除けになるんで」

彼女はおれの手を掴(つか)み、塩の袋を手に押し当てギュッと握らせた。

「私、十階に住んでる後藤(ごとう)と言います。何かあったら、いつでも相談にのりますから」

彼女は力強く頷(うなず)くと、握っていた手を離して去っていった。

呆然(ぼうぜん)としていると、エレベーターのドアが閉まってしまい、慌てて「開」のボタンを押した。

マンションから出て、スーパーへ向かいながら塩の袋をつまみ、ためつすがめつ見る。わからないでもない。九階の住人が次々と出ていけば、十階や八階でも何かしらの現象が起こるのではないかと心配になる気持ちは理解できた。

しかし、どうしたものか。作られた過程を考えると捨てるわけにもいかず、ひとまず財布の中に入れておいた。

十分ほど歩き、目的のスーパーマーケットに着いた。もしかしたら先ほどの後藤さんもいるのではないかと思ったが、幸い出会わなかった。

缶ビールを六本と水のペットボトル、紙コップ、紙皿、豚のしょうがやき弁当、ほうれん草の胡麻(ごま)あえ、ポテトサラダ、イカソーメン、朝食用にサンドイッチや総菜パンをいくつか購入する。

買い物を終えて、九〇九号室に戻る。三十分ほどかかっただろうか。部屋に入ると、優馬の姿が見あたらない。あれ？　とトイレや洗面所も確認したが、どこにもいなかった。

逃げやがった、とは思わなかった。これまでの付き合いで、ひと言もなく仕事を放棄してしまう奴ではないってことぐらいはわかる。

おれはスマートフォンを取りだし、優馬に電話をかけてみる。

スピーカーから呼びだし音が聞こえる。それと同時に、部屋のどこかからメロディが鳴り始めた。

あたりをうかがう。出所は和室の押入れだった。閉ざされた戸の向こう側から漏れている。

「優馬？」近づき声をかける。

返事はない。

「開けるぞ」戸に手をかけ、スライドさせる。

音が鮮明になった。

押入れは上下に仕切られており、上には何もない。ただ、天井部分に大きな黒い染みがあった。続いて下をのぞくと、奥にうずくまった優馬がいた。

※

押入れの中には何も入っておらず、壁に背を預けて三角座りをする優馬だけがおさまっていた。口も目も半開きにして、ぼうっとしている。

黒目がゆっくりと動き、おれをとらえる。

「あ、穂柄さん、どうしたんですか？」優馬が涎（よだれ）を手で拭（ぬぐ）う。寝起きのような顔だった。

「それはこっちの台詞（せりふ）だろ」スマートフォンをタップする。鳴り続けていた着信音が途切れる。

「うわ、それホントに言う人いるんだ」

「ああ？」

「それはこっちの台詞っていう台詞」優馬が目をパチパチさせる。「初めて生で聞きました」

「おれだって初めて言ったよ」

「何買ってきたんですか？」優馬が畳の上に置かれたスーパーの袋を見る。

「ひとまず出てくれば」

そうですね、と言って優馬は四つん這いになり出てきた。

何事もないように会話が進んでしまっているが、彼にとって押入れの中に入るということは日常的なことなのだろうか。たとえば、兄弟が多く、なかなかひとり部屋をもらえなかったので、押入れを自分の部屋にしていたといった経緯があり、ひとり暮らしをするようになっても、落ち着きたくなると無意識に押入れの中へ入ってしまう、とか。

「優馬って兄弟多い？」

「え、ひとりっ子ですけど」

「じゃあ、押入れで何してたんだよ！」

「じゃあってなんですか」優馬が眉を寄せる。「べつに、押入れの中はどうなってるのかなって気になったんで開けてみただけですよ。それで」

そこで言葉が途切れる。

「あれ、なんで中に入ったんだろ」

後頭部を人差し指で掻きながら、目をぐるりと回す。思いだそうとしているが、出てこないようだった。

「そうだ、カメラ」おれは和室に設置されたカメラを確認する。しかし、電源が入っていなかった。そういえば心霊現象が起こるなら夜だろうと録画をしていなかった。

ひと足遅かったが、リビングのカメラも併せて録画を開始する。

「どこか変わったところはないか？」おれは優馬の体を見ながら訊く。

「変わったところ、とは？」

「体中に手形がついてる、とか？」

「ちょっと、怖いこと言わないでくださいよ」優馬は慌てて袖や裾をめくり確認する。

とくに手形や痣などはなかった。

「何か見たとか、聞こえたとかはなかった？」

「べつに」優馬は首をひねる。「ないですね」

おれはどうしたものかと思う。これはどう報告すればいいのか。

気がついたら押入れの中に入っていたというのは不思議な体験と言えなくもないが、現実的に考えれば「寝不足で」「考え事をしていたから」「無意識のうちに」というように、いくらでも説明がついてしまう。つまり、どちらとも取れる現象だと言える。

報告書を作成する際に依頼者のニーズに合わせて、どちらに振り分けるか改めて判断するか。

「それでいいんじゃないですか」優馬が他人事のように言う。スーパーの袋から総菜のパックをだし、畳の上に並べている。「やっぱり、机がないと不便ですね」

「スーパーで段ボールをもらってくればよかったな」おれは自分用に買ってきた缶ビールといくつかの総菜を手に持つ。「管理人室に折りたたみテーブルとかあったら、あとで持ってくるよ」

「あ、もう行くんですか?」優馬が顔を上げる。「晩ご飯、一緒に食べないんですか?」

「なるべく一人で過ごしてもらうから」おれはノートパソコンを脇に挟み、玄関へ向かう。「風呂はどうする?」

「入ります」

「じゃあ、適当な時間に下りてきて。基本的にはモニタリングしてるつもりだけど、もし何かあったら電話して」靴を履き、ドアノブをつかむ。

「あの」

「何?」

「ポテサラ」優馬がおれの手にある総菜を指さす。「ぼくも食べたいんですけど」

「おれも食べたい」

しばらく見つめ合ったあと、じゃんけんをし、ポテトサラダは九〇九号室に残ることになった。

一階のエントランスホールまで下りる。正面玄関の右手にメールボックスと管理人の窓口がある。前を通ると、管理人の稲葉(いなば)さんが新聞を広げて座っているのが見えた。六十代の前半といったところだろうか。大福のような顔をしている。薄くなった頭が蛍光灯の明かりをぼんやりと反射していた。挨拶(あいさつ)は来た時に済ませてあった。

裏側へ回るとドアが二つあり、手前が窓口、奥が休憩所兼住居となっている。おれは預かっていた鍵(かぎ)を取りだし、奥のドアを開ける。

管理人用住居は十畳ほどのワンルームだった。短い廊下の両脇がユニットバスとキッチンになっている。部屋の隅にシングルベッドがあり、足側はクローゼットの折れ戸、頭側に窓がある。カーテンを開くと、エアコンの室外機が半分を占めるベランダが見えた。ベッドの上にクリーニングから帰ってきたばかりと思われる布団が置いてある。九〇九号室に比べるとずいぶんと手狭だが、小さいながらも冷蔵庫があり、スイッチを押すと明かりがつき、湯も出る。何よりちゃぶ台があった。

冷蔵庫に缶ビールを入れ、ちゃぶ台の上に総菜のパックとノートパソコンを置く。起動させて、早速九〇九号室の様子を確認する。画面のサイズ的に和室とリビングの映像を並べて同時に見ようとすると、それぞれがあまりに小さく、細部がよくわからなくなるので、切り替えながらチェックすることにした。

優馬は和室でエアマットに空気を入れていた。「フーフー」という音が聞こえる。リビングに切り替える。差し込む夕日を反射させたフローリングの奥にキッチンと玄関に続く廊下が見切れている。こちらのカメラも「フーフー」という音を微かに拾っていた。

誰もいないリビングをしばらくながめた。

なんの動きもないが故に、何かが起こりそうな気がしてしまう。不思議な緊張感があった。しかも、それは時間と比例してジワジワと高まっていく。おれは一度息を吐き、カメラを和室に切り替える。

顔を赤くした優馬が頰を膨らませていた。エアマットは先ほどより心持ち膨らんでいた。

すっかり日が暮れた頃、「穂柄さーん、今からシャワーに行きまーす」優馬がカメラに向かって手を振る。

着替えを持ち、フレームから出ていく。五分ほどしてチャイムが鳴った。当然、優馬だと思って出ると、管理人の稲葉さんが立っていた。

「あ、え」と中途半端な声が出た。

「私、そろそろ帰らせていただきますんで」稲葉さんはうなじの辺りを手で撫でながら言う。「すぐそこのアパートに住んでますんで、もし、何かありましたら、携帯電話の方に連絡ください」

「はあ、ご丁寧に、ありがとうございます」

「それでは」

帰る稲葉さんと入れ違いで優馬がやって来る。

「どうしたんですか？」と優馬。

稲葉さんの言葉を要約して伝える。

「近くにアパートを借りるんだったら、この部屋に住めばいいのに」

「独り身ならいいけど、奥さんと二人だと、さすがに狭いだろ」

「でも、あの人、指輪してなかったですよ」優馬がおれの左手を指さした。

「よく見てんな」おれは薬指に触れる。結婚指輪をするようになって数ヶ月になるが、もともと指輪をする習慣がなかったこともあって、意識をしてしまうと締めつけられるような違和感がよみがえった。「でも、指輪をしていないからといって、独り身というわけじゃないし、元々、近くのアパートに住んでいて、管理人の仕事に就いたのかもしれないだろ？」

「もしかして」玄関に入った優馬が部屋を見回す。「この部屋も事故物件だったりして」

「え？」

「冗談ですよ」優馬が笑う。

いや、まったく笑えない。優馬は冗談だと言うが、おれはこの部屋が事故物件ではないと否定することができない。であるなら、それは冗談にならないのではないか。なぜ、そんなことを言うのか。怖いではないか。真顔でそう伝えた。

「いやいや、疑いようもない事故物件で寝泊まりするぼくの身になってくださいよ」

優馬はバスルームへと入っていった。

シャワーの音を聞きながら、無人となった九〇九号室を見る。

和室の真ん中にパンパンにふくらんだエアマットがあり、上に寝袋が広げられていた。頭側に唯一の光源である電気スタンドが置いてあるが、それだけでは光量が足りず、最も離れた壁は暗闇に染まっている。

リビングに切り替えると、色調が変わる。こちらには光源がないので、優馬に頼んで暗視モードへ変更してもらった。濃い緑色の闇にフローリングや壁が浮かんで見える。和室から漏れた明かりだけが白く飛んでいる。

　どちらのカメラも動きはない。そのはずなのに、じっとながめていると明かりと暗闇の境界がユラユラとゆらめいているように見える。光と闇がモニターのピクセルを奪いあい、細かく明滅している気がする。

　そして、誰もいないのだから当然なのだが、静かだった。

　試しにボリュームを最大にしてみると、砂がすべり落ちるような音が混じり始める。集音マイクかスピーカーが起こすノイズだろう。お決まりのパターンとしては、このノイズに紛れて呻き声が聞こえたり笑い声が混じったりする。もし、本当にそのような声が聞こえたら、たしかに驚くし恐ろしい。ただ、よくよく考えてみれば、どんなに恐ろしい呻き声だったとしても、ただの音声データである。いくら発生元がわからない声だとしても、録音されてしまえば、その辺のじいさんが温泉に入る際に口から漏れる呻き声となんら違いはない。どちらも録音された呻き声だ。きっと、混ぜれば区別もつかない。そう思えば、ほら、まったく怖くない。

「何してるんですか？」

　一瞬、カメラの向こう側から声がした気がして、体がビクンと跳ねた。

　振り返ると、バスタオルで頭を拭う優馬が立っていた。

「仕事だよ」早くなった鼓動を落ち着かせようと、息を吐いた。

「こんな感じなんですね」優馬がモニターを見る。「何かありました？」

「ないよ」上げていたボリュームを戻す。

「穂柄さん、ずっと見てるんですか？」優馬が首にかけたバスタオルで鼻をこする。

「ぼくが寝たあとも？」

「まあな」

優馬が寝ている間はリアルタイムに監視し、朝から昼にかけて眠るつもりだった。そのために数日前から眠る時間を徐々に遅らせ、夜型シフトに体を慣れさせてあった。

「寝てるとこ見られるの、なんか緊張するな」と顔を上気させながら気持ちの悪いことを言う。「あ、じゃあ、チェックしてくださいよ。鼾をかいてるとか、無呼吸になってるとか、歯ぎしりをしてるとか」

「怖くて眠れないかも、とは考えないんだ」

「今のところは。あ、一本もらっていきますね」優馬は勝手に冷蔵庫から缶ビールを取り帰っていった。

しばらくすると、モニターのリビングに姿を現す。

和室へ行き、エアマットに腰を下ろす。ギュッギュッとビニールの擦れる音が聞こえた。

優馬がタブレットを操作すると、ラジオが流れだした。そのまま、腹這いになり、タブレットに視線を落とす。画面までは確認できないが、たまに指でスクロールしているので、何か読んでいるのだろう。

同じラジオを聞きながら、優馬が読書をしている姿をながめる。たまに体勢を変えるぐらいで、とくに動きはなかった。一度だけ立ち上がり、トイレへ向かう。暗闇の中、平然とトイレを済ませ、戻ってくる。怖がっている様子は微塵もなく、素直に感心した。もしかして、これは彼の天職なのではないかと思った。

おれはモニターを横目にスマートフォンを操作して、妻の美海にメッセージを送る。探偵業で外泊することになっても、可能な限り一日一回は連絡を入れることにしていた。本当なら妊婦を置いて一週間も家を空けるのは避けたかったのだが、生まれてくる子のミルク代を稼がなければならない。

「起きてる？」

そう送ると、すぐに返信がきた。

「うん。名前、考えてた」

数ヶ月前の検診でお腹の子が男の子とわかってから、妻は名前をどうするかを本格的に悩みだした。名前を書いた紙をテーブルに並べて腕を組む妻に、おれもいくつか候補を提出したが、「考えておく」とテーブルの下に置かれたので、どうやらおれに決定権はないらしいとわかった。

「決まりそう？」とおれ。

「先は長いですな」続けて、「そっちはどう？　落ちついた？　お化け出た？」

なぜか、頭にネジの刺さったフランケンシュタインの怪物のスタンプが送られてくる。

「出た出た」

「マジで」

妻とのくだらないやりとりを終え、スマートフォンからノートパソコンへ顔を向ける。優馬はタブレットを放りだして目をつぶっていた。どうやら眠っているようだ。

口から欠伸（あくび）がこぼれる。夜型にしてきたとはいえ、気を抜くと意識が飛びそうになる。一度、大きく体を伸ばして、リビングの方へとカメラを切り替えた。

「え」

まず声が漏れた。

濃い緑色のリビングの映像。

その奥、廊下との境目に、男の子が立っていた。

年齢的には小学校の四、五年生といったところだろうか。

ボーダー柄のシャツと膝下丈のハーフパンツを履いている。

暗視モードの効果で、全体的にぼんやりと緑色に発光している。

一度、和室にカメラを切り替える。優馬が寝返りをうつ。リビングの子供にはまったく気がついていない。

リビングにカメラを戻す。やはり少年が立っている。心なしか大きくなったように見える。二、三歩前に進んだのではないか。

ひとまず優馬に電話をしようと、充電中のスマートフォンを手に取った。そこで自分が震えていることに気がつく。小刻みに揺れる画面を操作し電話帳を開く。こんな時にかぎって反応が悪く、優馬の名前を何度もタップする。呼びだし音が聞こえる。

「はい」寝起きの優馬が出る。「なんですか?」

「いいか、取り乱さずに聞いてくれ」

「はあ、それは内容によりますけど」

もっともだと思った。「かなりショッキングなことを伝えるから、しっかりと心づもりをしてくれ」

「わかりました」

実は今、リビングに子供がいるんだ。

そう言おうとして、思い直す。

子供がいることを伝えたら優馬のことだ、「え、マジっすか」と軽いノリで子供を見にいってしまうだろう。

果たして、この子供は対面していい存在なのだろうか。霊的なものに遭遇して最終的に精神がおかしくなるなんて話はよくあるではないか。もし、そうなった場合、監督者として責任が取れるのか。それだけのリスクを負わせるだけの賃金を、おれは払っているだろうか。

かといって、今すぐにそこから逃げろと伝えることもできない。逃げるには玄関に行く必要があり、子供がいるリビングを通らなければいけないからだ。

おれは和室にカメラを切り替える。優馬は体を起こし、リビングに背を向けた状態でスマートフォンを耳に当てていた。

「今からそっちへ行くから、動かないでそのまま待機してくれ」

まずは監督者である自分が、この目でもって安全を確認するべきだろう。

「えっと、どういう意味ですか」優馬が振り返るような仕草を見せたので、慌てて、

「動くな」と叫んだ。「おれが行くまで前を見てじっとしてろ」

「はい？」

「いいか」と言いながら子供の様子を確認する。「すぐに行くから、そのまま待ってて、あ」

話している途中で、モニターの中の子供がくるりと背を向け、廊下の方へと走っていく。

「え、なんですか」と優馬。

子供は廊下の先へ消え、一瞬、廊下に明かりが差し込む。カメラのアングル的に玄関までは映らないので、確証はないが、どうやら子供はドアを開けて出ていったようだ。

「あの、穂柄さん？　聞いてます？　今、なんか玄関から音が聞こえたような」

「あー少し状況が変わった」

「まず変わる前の状況を知りたいんですけど」

「実は」おれは子供のことを簡単に説明した。

「いやいやいや」ライトを持った優馬がリビングに現れる。「どこですか？」

「もういないよ。さっき出ていったから」

そう答えながら、幽霊がドアを開けて出ていくものだろうかと考える。肉体がないのだから壁やドアなどはすり抜けられるものと思っていたが、実際はそうでもなかったということか。

モニターの中で優馬は白い光を周囲に向けて辺りを確認する。「なんですぐに言ってくれなかったんですか」

「それは、監督者として、部下の安全を守る責任が」

「こんな部屋に閉じこめている時点で、安全も何もないでしょ」優馬は玄関へ向かう。

「一応、気をつけろよ。もしかしたら、外に出たとみせかけて風呂場(ふろば)や洗面所に隠れているかもしれない」

そうだ、いないとみせかけて背後にいるのが、奴らの常套(じょうとう)手段ではないか。

「どこにもいませんね」と優馬。

「背後に人の気配を感じないか」

「感じないです」優馬が笑い声をあげる。「というか、本当にいたんですか？」

「いたよ」おれは叫ぶ。

しかし、改めて問われると不安になる。あれだけハッキリと目にしたというのに、寝ぼけて夢を見たのではないかと疑ってしまう。

おれはアプリを立ち上げ、クラウドにあがっている録画ファイルを開く。頭から見ていく時間が惜しいので、タイムバーを操作して、数分前まで映像を進めた。確認すると、リビングにはちゃんと男の子が立っていた。

ホッとし、「ちゃんと映ってるよ」と報告する。

「え、マジっすか」

映像を早送りにすると、男の子はユラユラと動き、廊下の方へと去っていく。やはりドアを開けて差し込む光が映っていた。もう少し遡（さかのぼ）ったところからスタートすると、空のリビングが映る。進めると、廊下から男の子が現れ、リビングとの境目あたりで立ち止まる。その画（え）には覚えがあった。どうやらこの辺りから見始めたようだ。

更に進める。男の子はユラユラと揺れながらカメラへと近づいてくる。眉（まゆ）の上で切り揃えられた前髪に緑色の顔、指で穴を開けたような黒い瞳（ひとみ）が、モニターごしにこちらを見ていた。そこで映像を止める。

男の子がここまでカメラに近づいたところを見た記憶はなかったが、きっと、和室にカメラを切り替えた時の映像なのだろう。

再生すると、じっと見つめている男の子の口が動きだす。何か言っているのかと音量を上げたが、和室から聞こえるラジオの音だけが大きくなった。どうやら、声にはなっていないようだ。

何度か巻き戻して確認したところ、十文字ほどの言葉のようだった。なんとか読唇術ができないものかと睨んでみたが、まったくわからない。

「こっちに来るんなら、パソコンも持ってきてくださいよ」スマートフォンから優馬の声がする。「ぼくも映像、見たいんで」

「ああ、うん」おれはノートパソコンを閉じ、立ち上がる。九〇九号室へ行って確認したいことがいくつかあった。

あれこれ考えながら玄関へ視線を向ける。

短い廊下の暗がりに、男の子が立っていた。

まるでモニターの中から抜けだしてきたかのように、同じ姿で。

暗視モードじゃない男の子のシャツは紫と黄色のボーダーだった。

二日目

ベッドに潜り込んだのは、すっかり日がのぼり、朝の情報番組が終わる時間帯だった。三時間ほど眠り、シャワーを浴びて、意識をハッキリとさせてから、一〇〇九号室へ向かう。ネームプレートには後藤とあった。インターホンを押す。

「はい」と女性の声。

「穂柄です」

しばらくしてドアが開き、昨日、塩をくれた女性が顔をだした。

どんな魔法を使ったのか、傷んでいた髪の毛が滑らかなストレートに変わっており、襟元がゆるいサマーセーターにタイトなパンツを履いている。この時間に訪問することは事前に約束してあったので、すんなりと中へ通された。

部屋の間取りは九〇九号室と同じだった。ただ、廊下からリビングにかけて虎柄のカーペットが一面に敷かれていて、ギョッとしてしまう。

「虎が魔除けにいいと聞いたので」と後藤さん。

和室の仕切りが開いていたので見えてしまったのだが、畳まで黄色と黒の縞模様に染まっていた。さらに、九〇九号室にはあった押入れがなかった。引き戸があるはずのところが壁になっている。

「お恥ずかしい」後藤さんは微笑みながら障子戸を閉めた。

ローテーブルにアイスティーの入ったグラスが置かれる。氷が打ち合う軽やかな音が聞こえた。向かい側に座った後藤さんが、少しだけ顔をうつむかせて、「昨晩は本当にご迷惑をおかけしました」と言う。

「千春くんは学校ですか？」

後藤さんは頷く。「夜にどれだけ徘徊しても、いつも朝には、欠伸ひとつせずケロッとしてるんです」

そういう彼女は化粧越しにも寝不足だとわかる顔をしていた。かくいうおれも、先ほどから必死に欠伸を嚙み殺している。

昨夜、九〇九号室に現れ、そのあと管理人室にまでやってきた男の子は、後藤さんの息子である千春くんだった。

管理人室に立っている千春くんを目にした時の、自分のリアクションを思いだして苦笑がこぼれる。おれは男の子を見た瞬間に「ひゃっ」と悲鳴を漏らし、綺麗に腰を抜かすと、そのまま後転し、壁に激突した。まず、自分の部屋にカメラがなくて本当によかったと思った。

恐るおそる目を開けて、確認すると、男の子はまだ立っていた。

左右にユラリユラリと揺れながら、ボーッとしている。開いた目は焦点が定まっておらず、口は半開きで舌がひくひくと動いている。明るい蛍光灯の下で見た男の子は、とても幽霊とは思えない存在感を持っていた。

四(よ)つん這(ば)いで男の子に近づき、膝(ひざ)や指先、シャツのしわなどを近くで観察し、思い切って肩に触れてみる。指でつつくと、骨と皮膚、シャツの感触がしっかりとあった。

「う、うーん」男の子の口から声が漏れる。目をこすり、辺りを見回す。「おじさん、誰？」

「君こそ、誰？」幽霊ではないことはわかった。

男の子は欠伸をする。「ぼく、帰らなきゃ」

「帰るって、どこに？」

「うちに」

「うちって？」

「一〇〇九」

その数字が部屋番号だとわかるまで、少しだけ時間がかかった。

男の子はペタペタと廊下を歩き、玄関のドアを開けると、裸足のまま出て行こうとした。

「ちょっと待って」おれは慌てて追いかけ、男の子の前でしゃがむ。

意図を理解した男の子は素直に背中へもたれかかり、首に腕を回した。

男の子をおぶって、エレベーターで十階まで行く。十階の廊下へ出たところで、パジャマにカーディガン姿の後藤さんと会った。

「千春！」と駆け寄ってくる。

「ママ」と背中から声がする。

どうやら後藤さんの子供だったようだ。

千春くんを下ろして、引き渡す。

どういうことなのか詳しく説明してほしかったが、夜も遅かったので、その場は「どうもすいません、ご迷惑をおかけしてしまって」「いえいえ、とんでもない」といった当たり障りのない会話で済ませ、翌日に持ち越すことになった。

そして、今に至る。

「調査は順調ですか？」後藤さんは質問してからグラスにささったストローに口をつけた。

「それが、いかんせん周りに誰もいないので」おれは困り顔で微笑んだ。「よろしければ、教えていただいていいですか？」

護摩行をやり、床を虎柄で覆い尽くしているぐらいだ。後藤さんも何かしらの体験をしているはずだった。もしかしたら、千春くんが夜に出歩くのも、関係があるのかもしれない。

後藤さんもおれに負けず劣らず困った顔で微笑む。「何からお話しすればいいのか」

「大場さんが亡くなられてから、住人の方が次々と出て行かれたんですよね？　具体的には何があったのでしょうか？」

しばしの間があり、「ベビーブームです」という答えが返ってきた。

おれは言葉の意味を取り損ね、「は？」と訊き返す。

「同じフロアに住まわれていた女性が順番に妊娠していったんです」後藤さんがグラスの中でストローを回す。「詳しいところはわかりませんが、九〇九号室のお隣の方から順番に妊娠されていったと思います」

「それは、偶然では？」

「そうかもしれません」後藤さんは瞬きをし、首を少しだけ傾げた。「妊娠された方は、出産日を迎える前に引っ越しされていきました」

「それは」妊婦にとって、母親がお腹の子と壮絶な心中をした部屋のそばに住んでいることが精神的によくなかったということではないのか。もしかしたら、体調にも影響が出ていたのかもしれない。だとするなら、引っ越すのも不思議ではない。

「私は大場さんもこの現象の被害者だと思ってます」後藤さんが身を前に乗りだす。

「大場さんの死によって何かが始まったのではなく、大場さんのことも現象のひとつだと思うんです」

「現象というのは？」彼女が前に乗りだした分おれは仰け反る。

「妊娠ですよ」後藤さんはテーブルが邪魔だと気がついたのか、回り込んでおれの横へ移動する。「アマツカさんっていう、お世話になっている霊媒師の方が言うには、この下の部屋には穴があるんですって、でも、その穴は形而上に開いているから私たちには感知できないんですって、でもでも、それは向こう側も一緒で、お互いに関与できないはずだったんですけど、ほら、女って生命を生みだす器官を持ってるでしょ？　つまり、子宮と穴がリンクしてしまうんですって、そしたら、しめたものってな感じで、向こう側にいるものが肉体を得て這い出てくるんですって、わかります？」

まくしたてながら彼女が四つん這いで近づいてくるので、一定の距離を空けながら逃げる。おれたちはテーブルの周りをぐるぐると回る。

「えーっと、その子宮から這い出てきたものが、大場さんのお子さんを殺した上に腹を裂いたということですか」

　おれの言葉に後藤さんがピタリと止まる。理解の悪い子を哀れむような表情で、

「ちがいます。お腹に宿った子こそが穴の向こう側から来たものなんです。大場さんはそれに気がついたから、自分の手で始末したんです」と言ってスッと涙を流した。

「そうですか」帰りたかった。

　不可解な事件を説明するには、それ相応に突飛な物語が必要になるということだろう。なんてことはない、彼女もショッキングな事件により心に傷を負った被害者なのだ。九階の人たちが次々と妊娠をし、出ていったことも拍車をかけたに違いない。母体や胎児への影響を鑑みて引っ越すことは、おれからしてみれば自然なことに思えるが、彼女の目にはそう映らず、心の傷を覆い隠すように、このようなグロテスクな物語を組み上げたのだろう。あるいは、吹き込まれたか。

「よろしければ、ご紹介しましょうか？」後藤さんは自分のグラスの前に戻っていた。

「誰をですか？」

「霊媒師のアマツカさんですよ」彼女は何事もなかったかのようにストローに口をつけた。

興味はあった。後藤さんをどのように騙したのか、この身で体験してみるのも面白そうだと思う。

おれは答えをはぐらかし、「引っ越しされていった住人の方も、そのアマッカさんに相談されてたりするのでしょうか？」と質問する。

「どうでしょう？　引っ越しされる前に何度かお誘いはしたんですけど、集会で見かけたことはありませんね」

アマッカ経由で他の住人の情報が手に入るかと思ったが、そううまくはいかないようだ。土曜日の夜に集会があるので、興味があったら連絡してくださいと後藤さんが言う。

「集会って何をするんですか？」

「いろいろですね。カラオケだったり、バーベキューだったり、ヨガをしたり、いろいろです。日夜、厳しい修行をこなし、霊力を溜められているアマッカさんと一緒に過ごすことにより、私たちの基礎霊力を引き上げるのが目的なんで。あとは、普通に近況を報告したり、相談事を聞いてもらったり、霊視をしてもらったりですかね」

「それは、楽しそうですね」おれはニッコリと笑い。そういえばと話を変える。「千春くんのことをお聞きしてもいいですか？　差し支えなければですが」そもそもはこちらが本題だった。

「千春が夜に出歩くようになったのは、大場さんの事件があって、しばらく経ってからです。まるで九〇九号室に引き寄せられるように九階を夢うつつの状態でうろつくようになって」

「夢遊病、ということですか？」

「さあ、お医者さんに診せたことがないので、なんとも。ただ、アマツカさんが言うには、千春は警告してるんだと」後藤さんがおれを見つめる。「九階に誰もいなくなってからは出歩くこともなくなっていたのですが。九階に人の気配を感じて、再発したのかもしれません」

つまり、千春くんは「九階は危険だ」とおれたちに警告しにきたということらしい。

なるほど。普通に自称霊媒師なんかじゃなく、ちゃんとした心療内科医に診てもらったほうがいいと思ったが、口にはしなかった。

壁にかかった時計を見ると、昼の十二時を回っていた。

「もうこんな時間だ。長居してしまってすいません」実質滞在時間は三十分ほどなので、長居というほどでもないのだが、何分以上は長居と言ってよしといった基準が決まっているわけではないし、実際おれはとても長く感じていた。

いそいそと立ち上がり、玄関へ向かう。

　見送りにきた後藤さんが、「そうだ」と思いだしたように言う。「押入れに気をつけてくださいね」

　瞬間、背筋を撫でられた気がした。

「押入れ、ですか？」

　後藤さんが微笑みを浮かべて、ゆっくりと頷く。

　おれは押入れの中で呆然としていた優馬の顔を思いだす。昨日のことを後藤さんが知っているはずはない。

「押入れで何かあったんですか？」

「ほら、押入れって、いわば部屋にある子宮でしょ？　だから、気をつけてくださいね」彼女は笑顔のままよくわからないことを言うと、おれを押しだし、ドアを閉めた。

　カギとチェーンをかける音が響く。

　しばらくドアを見つめたあと、おれはスマートフォンを取りだし、優馬に「昼飯、何か食べたいものとかある？」とメッセージを送った。

※

百円ショップで買ってきた四百円の小さな折りたたみテーブルの上に、スーパーマーケットで買ってきた焼きそばとお好み焼きを並べる。

その日の昼食は部屋に残り、食べながら後藤さんから聞いたことを優馬に話して聞かせた。

「行かないんですか？」優馬は豚玉を箸で切り、口へ運ぶ。

「どこに？」おれは一本目のノンアルコールビールを飲み干す。

「霊媒師との集会」

「何が悲しくて詐欺師とカラオケに行かにゃならんのだ」

「穂柄さんって何歌うんですか？」

「津軽民謡」

「え？」

「じょんがら節」

「なんですか、それ？」

アマツカのことは報告書に書いた上で、追加依頼が来たら調べるつもりだった。自主的に足を運ぶにはカロリーが高すぎる。

食事を終え、ゴミをスーパーの袋にまとめてしばり、立ち上がる。

「あ」おれは優馬の顔を見て、「押入れなんだけど、あれからどう？　調子は？」と曖昧に質問する。

後藤さんの話のうち、押入れについて忠告されたことだけは伝えていなかった。

優馬が押入れに視線を向ける。「まずまずじゃないですかね。押入れに調子の良し悪しがあるかは知りませんけど」

おれも知らない。昨日、押入れに閉じこもっていた優馬だが、あれ以来、異変はないのかと訊いたつもりだった。

念のために和室へ行き、押入れの中を確認してみる。

昨日と変わらず何もない。天井を見ると、楕円形の染みができている。雨漏りでもしているのか。そういえば、後藤さんの家には押入れがなかったな。この上はどうなっているのだろう。

じっと黒い染みを見ていると、穴が開いているようにも見えてきて、慌てて目を逸らした。

「押入れがどうかしたんですか？」

おれは「なんでもない」と首を振り、部屋を出た。それから管理人室に戻り、二時間ほど仮眠を取ったあと、昨夜の映像を確認しながら報告書をまとめた。

キリのいいところで顔を上げると、日が暮れかかっていた。

モニターの中の九〇九号室も夕日色に染まっており、和室の壁にもたれかかった優馬は難しい顔をしてタブレットを操作している。

また買い物に出るのも億劫なので、夕食は出前にする。管理人の稲葉さんに訊いたところ、たまに使っているという蕎麦屋のメニューを貸してくれた。おれは天せいろ、優馬は山かけ蕎麦と親子丼を頼んだ。

仕事に戻り、少しウトウトとしたところでチャイムが鳴った。蕎麦屋の店員に代金を払い、天せいろだけを受け取る。残りは「九〇九号室にお願いします」と頼んだ。店員は「はあ」と不思議そうな顔をしていた。日もすっかり沈み、リビングのテーブルにライトを載せて蕎麦をすする優馬をモニターで見ながら、おれも蕎麦をすすった。空になった器を持って優馬が風呂を借りにくる。手早くシャワーを済ませ、缶ビールとさきいかを奪い帰っていく。

昨日は優馬が帰っていったあとに、鍵を閉め忘れたせいで千春くんが中に入ってきてしまったので、今日はしっかりと鍵を閉めた。優馬にも九〇九号室に戻ったらしっかり鍵をかけるように伝えておいた。

部屋に戻った優馬は、和室のエアマットに寝転び、ラジオを流しながら、晩酌を始める。缶ビールを片手に、タブレットで何か読んでいるのか一定の間隔で液晶を指で払っている。こう見ると、楽な仕事だなと思ってしまう。たまにリビングのカメラに切り替えるが、子供が立っているといったことはなかった。

優馬が指を払うのと、体勢を変える姿をじっとながめる。寝不足なこともあって、意識が何度か途切れ、気がつくと、優馬の姿がなかった。

無人のエアマットの上にタブレットだけが置いてある。慌ててリビングに切り替えたが、暗視モードで緑色になったフローリングと四百円のテーブルしかなかった。

再び和室に戻す。そこで、押入れの引き戸が開いていることに気がついた。電灯は遠く、半分ほど開いた押入れの中には暗闇が詰まっており、様子はうかがえなかった。

おれはスマートフォンを手に取り、優馬に電話をかけた。

耳に当てたスマートフォンから呼びだし音が聞こえるのと同時に、ノートパソコンのモニターごしに着信音が鳴りだした。和室とリビングを切り替え、音の発生源が和室であることを確かめる。
ブ、と電話がつながる。
「もしもし、優馬、今どこにいる?」

返事はない。

ザーといったホワイトノイズが流れている。

「優馬?」

押入れの暗闇を見つめる。中で三角座りをしている優馬の背中が浮かび上がって見えた気がした。昨日と同じ状況だ。今すぐ助けにいくべきか、それともこのまま観察を続けるべきか。

おれが逡巡(しゅんじゅん)していると、ホワイトノイズを押しのけ、「ふふふ」と笑い声が聞こえた。

一瞬、悪戯(いたずら)を仕掛けた優馬がこらえられずに吹きだしたのだと思った。

でも、

「ひひ」

再び聞こえたその声は、声変わりをする前の子供の声だった。

ブツ、と電話が切れた。

同時に、パソコンから水が流れる音が聞こえる。

続いて、ドアを開け閉めする音がする。

カメラを和室からリビングに切り替えると、廊下の方から優馬が姿を現す。そのまま和室へと入っていく。追いかけるように和室へ切り替える。

優馬は辺りを見回し、何かを捜していた。

そして、押入れの戸が開いていることに気がつくと、躊躇なく中へ入り、すぐに出てくる。手にスマートフォンを持っている。どうやら捜していたのはスマートフォンのようだ。

おれのスマートフォンが振動する。電話に出ると、「あ、穂柄さん、電話しました？」と優馬の声が聞こえる。

「うん」おれは今起こった一連の出来事を頭の中で整理する。「優馬ってさ、今までどこにいたの？」

「トイレですけど」

「そっか」だとするなら、優馬はトイレの中でおれからの電話に出て、子供っぽい笑い声をあげたということか。それなら、何も問題はなかった。「ちなみに、スマートフォンは持ってた？」

「あ、それが」優馬は面白いことでも報告するように声を弾ませる。「トイレに行ってる間に、スマートフォンがなくなってて、捜したら押入れの中にあったんですよ」

「つまり、トイレにスマートフォンは持っていってない？」

「持っていってないですけど」

「なるほど」おれは頷(うなず)く。

じゃあ、先ほど電話に出たのは誰だ。

三日目

まず、改めて優馬はすごい奴だなと思う。

トイレから帰ってきたらスマートフォンが見あたらず、開けたはずのない押入れの戸が開いていたとして、躊躇なく入れるものだろうか。普通、少しは考えないか？

おれがそう伝えると、「考えましたよ」心外なといった顔で優馬が言う。「スマートフォンを捜してたら押入れが開いているのを見つけたんで、中にあるかもって考えたから入ったんですよ。で、実際にありましたし」

「あ、うん」

スマートフォンが見つからない。押入れの戸が開いている。その二つを結びつけて、押入れの中にスマートフォンがあるかもしれないという思考はわからなくもない。おれがその場にいてもそう考えるだろう。ただ、そう考えるのと同時に「どうやって中に？」とも考える。なぜなら、スマートフォンが一人でトコトコ歩き、押入れの戸を開け、中へ入っていくことはないからだ。

「それは、可愛いですね」

「いや、それはそれで怖いだろ」

つまりだ、「スマートフォンが押入れの中に入っている」という考えには、「何かがスマートフォンを押入れの中へ移動させた」という事実がついて回ることになる。その「何か」に思いを馳せたなら、おれは一歩も動けなくなるか、押入れの前から一目散に逃げだすかのどちらかである。

「ちなみに、どんなものに思いを馳せるんですか？」

いの一番に浮かんできたのは、腹部を血に染めた大場瞳さんだった。

押入れの引き戸が音もなく開き、暗闇に青白い顔が浮かびあがったと思ったら、ざざざと這いずり出てくる。

「それでスマートフォンを取って戻るんですか？」優馬が笑う。

それだけではない。子供の笑い声という問題がある。

あれは、きっと大場さんのお腹の中で死んでしまった子供にちがいない。

押入れの中で血に塗れた子供が待っており、母から電話を受け取る。物珍しそうにながめていると、着信音が響きだす。子供は驚きつつも、母に教えられながら、画面に指を押し当てスワイプする。すると、おれの怯えた声が聞こえる。子供と母は顔を見合わせる。そして、スマートフォンのライトに照らされ、真っ赤な顔をした子供が

「ふふふ」と笑うのだ。

「恐ろしい」おれは自分の妄想に身震いしてしまう。

「え？　むしろ、ちょっと微笑ましいような」

このように不可解な現象があると、恐ろしい妄想をしてしまいがちだが、我々にはカメラがあった。妄想を現実で書き換えることができるのだ。スマートフォンが歩く姿か、大場さんが這いずる姿かはわからないが、その現場をカメラがバッチリとおさえているはずだった。

優馬と電話をつなぎながら、監視映像を確認した。結論を言えば、スマートフォンを押入れに持っていったのは優馬だった。

一時間ほど前から映像を再生し、早送りしていると、エアマットに寝ころんでいた優馬が、むくりと起きあがる。そこで通常再生にする。優馬は四つん這いで押入れの中へと入っていった。五分ほど経ち、押入れから出てきた優馬は目をこすり、大きく欠伸をしたあと、トイレへと向かった。おれが眠っている間に、この一連の動きがあったようだ。

確認した事実を優馬に伝えると、まったく覚えていないという。彼の認識では、エアマットの上でウトウトとしていたところ、急に腹痛を感じて目が覚め、トイレに向かったとのことだった。

「やっぱり蕎麦と丼は食べ過ぎでしたね」

優馬の言葉を信じるなら、押入れに向かったところから出てきたところまでの記憶がまるまる抜け落ちていることになる。それは、初日に押入れに潜り込んでいた状態と似ていた。

彼に寝ぼけると押入れに潜り込む癖があると仮定する。スマートフォンをながめている間に寝てしまったところで癖が発動し、押入れの中へ潜り込む。そこでスマートフォンを落として、寝ぼけながらも便意を感じてトイレに向かったと考えれば、すべて解消かといえば、そうではなく、おれの電話に出た存在がわからないままになってしまう。

「いや、そもそもそんな癖ありませんよ」

そうすると、君は何かしらに取り憑かれて押入れに呼び込まれたということになるけどいいのかと思う。

もっと現実的に考えてみる。優馬が手の込んだ悪戯をしかけているという可能性はないか。スマートフォンを押入れに置いたふりをして、ポケットに隠しトイレに向かったのだとしたら？　そこで電話がかかってきたので、子供っぽい笑い声でおれをビビらせたあと、再びポケットにスマートフォンを隠して和室に戻り、スマートフォンが見つからないという芝居をしてから押入れの中へ入り、あたかもそこでスマートフォンが見つかったかのような顔をして出てくる。そうすれば、映像通りになるのではないか。

「いや、そんな悪戯しませんよ」優馬が笑う。

「だったら、この状況をどう説明するんだよ」思わず大きな声になってしまう。

「そうですね」優馬が唸る。「あ、ほら、ズボンのポケットとか鞄にスマートフォンを入れていると、勝手に通話になる時が、たまにあるじゃないですか、あれと同じじゃないですか」

「何が？」

「押入れも大きなポケットみたいなものでしょ」

おれは笑う。「後藤さんは子宮だって言ってたけどな」

押入れに気をつけてくださいね、という後藤さんの言葉がよみがえる。

「しきゅう？」モニターの中の優馬が首を傾げる。「あ、デッドボール？」

「とにかく」おれは優馬に伝える。「これからは押入れに気をつけろ」

「はあ」優馬は、そう言われても具体的に何をすればいいのかわからないといった表情をしていた。安心しろ、おれだってわからない。

電話を切る。すっかり目が覚めたおれとは違い、マットに横になった優馬が、ものの数分で寝息を立て始めた。

辺りが急に静かになり、落ちつかなくなる。自分は安全圏にいるはずなのに、モニター越しに九〇九号室とつながっている気がした。

そういえば、この部屋にもクローゼットがある。戸は閉まっており、中は確認していなかった。

視界の端でクローゼットの折れ戸がゆっくりとひらいていく映像が頭をよぎり、慌てて視線を向けるが、もちろん戸は閉まっている。そんなことを何度か繰り返した。

おれは動画サイトにあがっているバラエティ番組を適当に流すことにした。映像を見るわけにはいかないので音声だけだったが、誰かが話している声や笑い声を耳にするだけで、ずいぶんと気持ちが楽になった。

何事もなく朝になり、優馬が目覚めるのと入れ違いに、おれはベッドへ入った。

※

目覚めると昼の二時を回っていた。

スマートフォンを確認すると優馬からメッセージが届いており、「昼飯はどうしますか？」「まだ寝てます？」「出前を取るんで、あとで精算してください」「ピザ注文しました」とあった。

頭が重く、シャツが寝汗でつめたくなっていた。

ひどい夢を見た気がする。内容はまったく思いだせないが、印象だけが残っていた。中高生の頃に読んでいた小説が、だいたい同じぐらいの記憶の薄れ具合なので、夢と現実の距離感が少しつかめた気がする。

シャワーを浴びて、着替える。今日はコインランドリーへ行くつもりだった。その前にクローゼットの戸を開ける。日があるうちに中を確認しておこうと思った。

中にはクラフトテープで封をされた段ボール箱がひとつだけ入っていた。側面に頭がトマトのキャラクターが両手にトマトを持ったイラストが描いてある。元々はトマトの箱だったようだ。傷み方を見るにかなり年季が入っている。さすがに今もトマトが入っているということはないだろう。何が入っているのか、少し気になったが、勝手に封を開けるわけにもいかない。

ひとまず、これでクローゼットの中は確認した。

あとは、戸を開けたままにしておくか、閉じるべきかだった。

開いている方が怖いのか、閉じている方が怖いのか。

戸をあらかじめ開けておくことによって、「気がつくと戸が開いている」や「勝手に戸がひらいていく」といった恐怖を防ぐことができる。しかし、そもそも「戸を開ける」という行為は出入りをするために行うものである。つまり、「戸を開けておく」というのは、出入りをするためのひと手間を省くということであり、「血みどろの大場さんが戸を開けて這いずり出てくる」を「いきなり血みどろの大場さんが這いずり出てくる」にするということだ。

「よし」おれはクローゼットの戸を閉めて、コインランドリーへ出かけた。

洗濯と乾燥が一気にできる機械に衣類とコインを入れ、くるくると回っている間に、近くのファミレスで遅めの昼食を取った。平日だったが、わりと混んでおり、ボックス席で顔を寄せ合ってしゃべる奥様方や、打ち合わせをしているスーツ姿の男性たち、サボりなのか学生の姿もチラホラあった。

雑音を聞きながら食事をしていると、こわばった筋肉がゆっくりほどけていくのを感じた。どうやら気がつかないうちに緊張していたらしい。監視しているだけのおれでこうなのだから、閉じこめられている優馬の心労はどれほどのものか。平気な顔をしているように見えて、実は内心、相当な負荷がかかっているのではないか。

もう少しこまめに連絡をしてガス抜きをしておいた方がいいのではないかと思い、「様子はどう？」とメッセージを送った。

返信がくる。「普通ですけど、カメラ見てないんですか？」

「今、ファミレスで食事してる」

「え、ずるい！」

「牡蠣フライ」

「海のミルク！」

「晩飯、何にする？　買って帰るけど」

「ファミレスに行きたいです」

「じゃあ、テイクアウトして帰るよ。何がいい？」

「外に出たいです」

「明日で折り返しだ」おれはガッツポーズをしているスタンプを送った。

「お刺身が食べたいです」

「了解。もうすぐ帰るから、何かあったら連絡して」

ファミレスをあとにし、スーパーで刺身の盛り合わせと、ちらし寿司、サラダと飲み物、スナック菓子などを購入した。すっかり大人しくなった洗濯物を回収して帰る。

エントランスで、メールボックスコーナーから出てきた子供と鉢合わせになる。千春くんだった。学校の帰りなのだろう、ランドセルを背負っている。

「おれのこと、覚えてる？」

千春くんが頷く。「この前はありがとうございました」

「そっか」おれは自分を指さす。「お母さんに、おれのことって聞いてる？」

「下の部屋を調べてる人だって」

「そうそう」おれは不審者ではないことをアピールするために顔の筋肉を総動員して笑顔を作る。「丁度よかった。千春くんからも話を聞きたいと思ってたんだけど、今からいいかな？」

千春くんは首を少しだけ傾げる。

「そこの管理人室で、ジュースやお菓子もあるから」と言ってから、この誘い方はまずいかなと慌てて付け加える。「もちろん、一度家に帰って、お母さんに確認してからでいいよ」

「ママは、仕事中だから」

「電話、貸そうか？」

千春くんは首を振る。「大丈夫です。少しでいいなら」

「もちろん時間はとらせないよ」

管理人の稲葉さんがいる窓口の前を通り、奥へ向かう。ガラス窓の向こうから視線を感じたが、「いや、話を聞くだけで、べつにやましいことするわけじゃないですよ」と説明するのもおかしいので無視した。

管理人室のドアを開けて、「どうぞ」とうながす。

「おじゃまします」千春くんはスニーカーを脱ぎ、ちゃんと揃える。

おれは洗濯物を部屋の隅に置き、買ってきた刺身などを冷蔵庫に入れる。

「ごめんね、狭くて」自分の部屋でもないのに、思わず言ってしまう。「適当に座って」

千春くんはちゃぶ台の上にあるノートパソコンを見ながら、ランドセルを下ろし、ちょこんと座った。

冷蔵庫の中にあるアルコールの入っていない飲み物を確認したところ、無糖の炭酸水、オレンジジュースがあったので、「オレンジジュースか、オレンジジュースのソーダ割りができるけど」と訊く。

「じゃあ、ソーダのやつを」

おれは紙コップをふたつだし、オレンジジュースと炭酸水を二対一の割合で注ぎ、スプーンで混ぜる。菓子はイカフライ、ミックスナッツ、薫製チーズ、ポテトチップスのり塩と渋いものしかなく、まだマシかとポテチを持って行く。

「ごめんね、こんなのしかなくて」

ノートパソコンをベッドに移動し、グラスを置き、のり塩の封を開ける。

「のり塩好きです」

「なら、いいんだけど」

こんなことなら、はちみつバター味とか買っておけばよかった。

千春くんは紙コップを両手で持ち、一口飲み、ノートパソコンに顔を向ける。

「これって」

スリープ状態から目覚めたモニターには九〇九号室が映っていた。和室で寝ころんだ優馬が片膝（かたひざ）を抱えている。どうやらストレッチをしているようだ。

一瞬、どう説明しようか迷ったが、九〇九号室で泊まり込み、調査をしていると正直に説明した。

「これは、今の映像ですか？」と千春くん。

「そう」

優馬はお代官様にひれ伏すような格好に変わっていた。

「千春くんも、この前、この部屋に入ったと思うんだけど、その時のことって覚えてるのかな？」おれはこの年代の子供に対してどういった口調で接していいかわからず、探りさぐり言葉をつなげていく。

「ぼんやりとですけど」

「それって、夢を見ている感じ？」

千春くんが頷く。

「いつから、夜出歩くようになったのかは覚えてる？」

「ママは六年前から歩きだしたって言ってました」

つまり、事件が起きた翌年だ。後藤さんの話通りなら九階にベビーブームが起こり始めた頃だろう。

「ぼくは三歳だったんですけど、ドアの鍵に届かないから、イスを使って開けて、外に出ていたそうです」

「その、歩くコースはいつも決まってるのかな？」

「だいたいは九階を歩いて、部屋に入ろうとするみたいです。九〇九号室が一番多いみたいですけど、たまに他の部屋も」千春くんがモニターを見る。優馬はくつろぐ王妃のような恰好で体をひねっていた。

「でも、今回は鍵が開いていたから入れたけど、普通は閉まってるよね」

「はい。だから、入れないんです」千春くんは困ったように笑う。「ドアをノックしてたみたいです。それで、住んでいる人たちに迷惑をかけちゃって」

「なるほど」

夜中にドアがドンドンと鳴り、おそるおそるスコープをのぞくと、子供がポツンと立っている。それは迷惑だなと思う。想像しただけで、目の前にいる千春くんのことが少し怖くなる。

「歩いている時は意識がぼんやりとあるのかな？」

「えっと、なんていうか、捜してるみたいです」千春くんはオレンジソーダをひと口飲む。「マナブくんを」

「マナブくん？」

「はい」

おれはそこで、九〇九号室にやってきた千春くんがカメラの前でボソボソと口を動かした時の映像を思いだす。

その口の動きと、「マナブくん」という言葉がピタリと当てはまる。

マナブくんはいますか？

あの時の千春くんは、そう言っていたのだとわかる。

おれはオレンジソーダで唇を湿らせて、「そのマナブくんっていうのは？」と訊く。

千春くんがコップをちゃぶ台に置く。「ママは、死んじゃった子の名前だって言ってました」

死んじゃった子。

大場さんが腹を裂いて殺した子供のことか。

「その話って、先生がお母さんに話したのかな？　ほら」おれは後藤さんが言っていた名前を記憶から引っ張りだす。「アマツカさんっていう霊媒師の」

「知ってるんですか？」

「お母さんに集会に誘われてね」おれは微笑む。

おおむね理解できた。やはり、すべての元凶はアマツカだった。

アマツカは、大場さんのショッキングな自殺で不安がる後藤さんを洗脳し、信者にした上で、他の住人の恐怖心を煽り、彼らも信者にしようと考えたのだろう。ただ、そうなると千春くんはお母さんに指示されて夢遊病という演技をしていることになる。

「わかります。あなたがどう思ってるか」千春くんがポテチを取り、パリパリと噛み、飲み込む。「わざと歩き回って、ぼくやママが、みんなを怖がらせてるって思ってますよね？」

「いや、そんな」おれは首を振る。

「わかります。そう思いたいですよね」千春くんがじっと見つめてくる。「でも、ほら」

彼はのり塩がついた指をスッとノートパソコンへ向けた。

モニターの中で、優馬が右足を持ち上げ首にかけていた。そこに腕が絡みつき、首を絞めあげている。顔は赤黒く変色し、口の端から白く濁った液体が垂れていた。

「行かなくていいんですか？」

千春くんの声を聞き終える前に、おれは立ち上がり、玄関へ向かった。

外へ飛びだし、停まっていたエレベーターに駆け込む。九階のボタンを押したあと、優馬に電話をかけようとして、スマートフォンを部屋に置いてきたことに気がついた。

急いでいるのに、動きだす前にドアが開き、子供が乗り込んでくる。千春くんと同じぐらいか、少し年下の男の子は十階のボタンを押した。

動きだしたエレベーターは毎階停まり、一階ごとに子供が一人ずつ乗り込んできた。

皆、同じ階で降りるようで、以降、ボタンを押す子供はいなかった。

知り合いではないのか誰もひと言も話さず、じっと前を見ている。

九階に着き、おれは逃げるようにカゴから出た。目の端でニコニコと笑う子供たちをとらえる。うす気味悪く思いつつも、九〇九号室まで走った。

ノブを回し引くとガシャン、と音が響く。

鍵がかかっていた。舌打ちをしながら、合い鍵を取りだし、鍵を開けた。

靴のまま、リビングに駆け込む。

「優馬」と叫ぶ。

和室を見ると、オットセイのような体勢をした優馬が驚いた顔をしていた。

「え、なんすか?」

「なんすかって」おれは唾を飲む。「おまえこそ、何してんだよ?」

優馬は多少顔が赤くなっているぐらいで、普通に生きていた。

「ストレッチですけど」

「さっきまで変な格好をして、自分の首を絞めてなかった?」

てっきり窒息死しているものと。

「してませんけど」優馬は不審そうに眉を寄せた。

「無事ならいいんだけど」おれは部屋を見回す。とくに変わったところはなかった。

「押入れはどう？」

「べつに普通ですけど」

「中を確認してもいい？」

「どうぞ」

「開けてもらってもいい？」

「自分で開けてくださいよ」

なるべく腕を伸ばし距離を取って開けた。中は空っぽだった。薄暗くはあるが、しっかりと奥まで見える。穴もなければ血だらけの大場さんも子供もいなかった。

「扉はどうする？」おれは一応確認する。「開けとく？　閉めとく？」

「いや、閉めてくださいよ」

「だよな。ひと手間あった方がいいよな」

「なんの話ですか？」

「あとで洗濯物と夕飯を持ってくるよ。それとも先にシャワーを浴びにくる？」

「今日は、シャワーはいいです。汚れた気がしないんで」

管理人室に戻ると、千春くんの姿はなかった。

飲み干されたコップがテーブルの上にポツンと立っている。

おれはノートパソコンを操作し、数分前の映像を確認した。優馬はやはり手足を複雑に絡ませて首を絞めているように見えたが、すぐに手足をほどいて、ちがう体勢へと移行する。慌てふためいたおれが現れたところで映像を停止した。

夕飯と洗濯物を届けるためにエレベーターに乗る。今度は一度も停まらずに九階へ着いた。先ほどぞろぞろと乗り込んできた子供たちは、十階で降りたようだが、どこへ行ったのだろう。

もしかして、千春くんが子供たちと一緒になって仕組んだ悪戯なのではないかと思ったが、そもそも彼と出会ったのは偶然で、部屋に誘ったのもおれだった。

優馬へ刺身のデリバリーを済ませ、おれはまたノートパソコンの前に戻る。紙コップに残っていたオレンジソーダはぬるくなっていたので、冷えた白ワインを足し、刺身とポテチをつまみながら飲んだ。

混沌としていた。口の中も頭の中も。何かが起こっているような気もするし、何事も起こっていないような気もする。瞬間的に不安になったり、恐怖にかられたりしたが、あとから思いだしてみれば、どうってことのない出来事だったようにも感じる。説明がつきそうでつかない曖昧な現象に、感情の置きどころがわからず、ふわふわと漂っていた。

きい、と軋む音がする。

モニターから視線を上げると、廊下の暗がりに千春くんが立っていた。

おれは何度か瞬きをして、

「え、なんで?」

そう訊こうとしたが声が出ない。口が動かせなかった。

口だけじゃなく、首や手足も動かせない。

千春くんが部屋の中に入ってくる。彼は初めて会ったときと同じボーダーのシャツを着ていた。おれの目をのぞき込み、唇を小さく動かす。

マナブくんはいますか?

声は聞こえず、唇の動きで言葉を見て取った。

自分がカメラになったような気分だった。

千春くんは部屋を見回すと、クローゼットに近づき、折れ戸を開ける。

そこにマナブくんはいないよ。

おれの声は届かない。カメラに口はない。

千春くんはクローゼットの中へ入り、トマトのイラストが描かれた段ボール箱を引っ張りだす。

チチチと音がする。彼は右手にカッターナイフを持っており、ボディからネズミ色の刃をだしていく。

刃を段ボール箱の中心に押し当てる。ブッと貫通させ、そのままビーと小気味よい音を立てながらガムテープの封を裂く。

できた裂け目に、千春くんはゆっくりと両手を差し入れた。

肘(ひじ)のあたりまで沈み、引き上げると、腕が赤く染まっていた。

何か持っている。

濡(ぬ)れた赤子だった。

その名の通り、まっ赤な子供。

右手にリンゴほどの頭、左手にティッシュ箱ほどの体。

赤子の頭と体は離れていた。

首がちぎれていた。

ブツ。

カメラの電源が切れ、おれは目を覚ます。

いつの間に眠ってしまったのか、窓が明るくなっている。

カラスの鳴き声がする。目をこすりモニターを見ると、エアマットで眠る優馬にも朝日が射していた。食べかけの刺身が乾燥してカピカピになっている。
喉の乾きを感じて、水を飲もうと立ち上がる。
そこで、クローゼットの引き戸が開いていることに気がつく。
中は空っぽだった。
トマトの段ボール箱がなくなっていた。

四日目

「段ボール箱ですか？　あったかなそんなの？」管理人の稲葉さんは眉を寄せた。

「トマトのキャラクターが笑顔でトマトを持ってるイラストが描いてあるやつなんですけど」おれは両手を上げ、キャラクターの格好を真似る。

朝食を買いに出かけた帰りだった。マンションの前で竹箒とチリトリを持った稲葉さんを見かけて、クローゼットの中にあった段ボール箱について質問した。

「もしかしたら、夏祭りやクリスマスで使う飾りつけが入っていたのかもしれません。でも、どうだろう、ボロボロになったから捨てたような気もするなあ」

「その中に、赤ちゃんの人形とか入ってませんでした？」

「人形ですか？　うーん、入ってなかったと思いますね」稲葉さんはチリトリを持ち上げる。「もし、箱がお邪魔でしたら、どこかへ移動しましょうか？」

「あ、いや、大丈夫です」邪魔も何も今はない。おれは続けて、「管理人室の鍵っていくつありますか？」と訊く。

「お渡ししたものと、私がひとつ、あと不動産会社の方にもあると思います」

「誰かが複製している可能性は？」

「はあ、どうでしょう。盆踊りの時に着替える場所に使ったりと、催しがある時はわりと開放してるんで、その時に鍵を借りた人間が複製している可能性はありますけど」稲葉さんは説明しながら鍵をちゃんと管理できていなかったことに気がつく。

「あれ、これってマズいですかね」

「どうでしょう」おれは曖昧に笑う。

稲葉さんと別れて部屋に戻った。モニターの中の優馬はまだ寝ていた。

買ってきたホットコーヒーとサンドイッチで朝食を取る。どうしても目がクローゼットの方へ吸い寄せられてしまう。扉は開いたままにしてあった。

犯人は普通に考えれば、千春くんということになる。おれが優馬のストレッチ姿を見間違えて部屋を出ていった時に、玄関にある靴を取り、帰ったように見せかけてクローゼットの中へ隠れる。そして、おれが寝たのを確認したのち、段ボール箱を持ってクローゼットから出ていったのだとすれば、一応説明はつく。白ワインのカクテルを一杯飲んだだけで酩酊(めいてい)するほどに弱くはないはずなので、もしかしたら、残っていたオレンジジュースに何か薬を盛られたのかもしれない。

玄関の鍵が開けっぱなしになっていれば完璧(かんぺき)だったが、残念ながら鍵は閉まっていた。つまり、千春くんが犯人の場合、彼は合い鍵を所持しており、外に出たあと、わざわざ鍵を閉めていったことになる。

稲葉さんに確認したところ、誰かが鍵を複製している可能性はゼロではないとのことだった。だとするなら、千春くんに限らず誰でも部屋に忍び込み、段ボール箱を盗みだせることになる。

誰が、なんのために。そして、段ボール箱には何が入っていたのか。

もう考えるのが面倒なので、すべては夢で、段ボール箱などはじめからなく、クローゼットの扉もおれが閉め忘れていただけということにしたくなってきた。悲しいかな、自分を疑うのがもっとも現実的な気がする。

モニターの優馬が目覚めたのを確認し、朝食兼昼食を持っていったついでに話したところ、「勘違いじゃないっすか？」とあっさり言う。

「どこからが勘違いだと？」

「えっと」優馬がハンバーガーを飲み込む。「クローゼットがあるところから？」

「クローゼットはあるよ」俺はそう答えてから、え、あるよな？　と一瞬心配になってしまう。それほどまでに自分に対して疑心暗鬼になっていた。

「だとすると、段ボール箱が怪しいですね」

たしかに、そのあたりから自分でも確証がもてなくなってきている。それでも、「できることなら、段ボール箱を目にしたという事実は信じたいんだけど、いいかな?」とおうかがいをたててみる。

「うーん」優馬が腕を組み、目を閉じる。「まあ、いいでしょう」

おれは胸をなで下ろす。「じゃあ、クローゼットの扉が開いていたのはおれの勘違いだったとして、段ボール箱を運びだした人間がいるっていうのも現実でいいよね」

「しかたないですね、オマケですよ」

自信が出てきたぞ。「ということは、やっぱり千春くんが怪しいな」

おれがこの部屋にいる間に、千春くんが段ボール箱を運びだした。そのあと、おれが目にしたものはすべて夢。そう考えるのがもっとも現実的だった。

「千春くんの存在自体が夢だったりして」

「いやいや、それはない」おれはリビングの隅に設置されたカメラを見る。「映像に残ってるから。優馬だって確認したろ?」

優馬は瞬き(まばた)をする。「え、映像に残ってると夢じゃないんですか?」

「映像に残ってるなら、それはもう現実だろ」

おれは管理人室へ戻り、まずクローゼットが存在していることを確認してから、一昨日の映像を改めて見直した。暗視モードになったカメラに千春くんが近づき、アップになる。コマ送りにしてみたり、切りだした画像を拡大してみたり、ためつすがめつ眺めたが、間違いなく存在している。あとは、この映像を見ているということ自体が夢である可能性も潰しておきたかった。

頬をつねって痛いぐらいでは、もう信じられない。おれは切りだした画像をスマートフォンへ移して、九〇九号室へ向かう。

「え、どうしたんですか？」

驚く優馬を無視して、リビングに設置されている監視カメラにスマートフォンに映しだされた千春くんの画像と、それを見ている自分の姿を撮影させる。ついでに、戸惑っている優馬にも千春くんの画像を確認してもらう。

「何が映ってる？」

「子供です」

「よし」

おれは足早に九〇九号室から出て行く。

「いやいや説明してくださいよ」という優馬の声を扉で遮断して、管理人室へ戻る。

早速、数分前の録画を引っ張りだして、確認する。千春くんの画像を見るおれたちがしっかりと映像になっていた。

スマートフォンが短く振動する。

「あの、さっきのは一体？」と優馬からメッセージが届いた。

おれは、「安心しろ、おれたちは現実だ」と返した。

※

報告書がまとめられなくなってきた。自分で体験したことをすべて書くと支離滅裂になり、何もかもが怪しく思えてくる。逆に見間違いや幻覚と判断できる箇所を排除すると、何事も起こっていないことになる。

胸を張って報告できることと言えば、九〇九号室の上に住んでいる後藤さんという女性が、アマツカという詐欺師に騙されていること、息子である千春くんが夜な夜な九階を徘徊しているが、それもアマツカの差し金である可能性があることだった。

そもそも、大場さんの事件以降の九〇九号室に関する良からぬ噂は、アマツカが後藤さんを操って流していたと思われる。追加でアマツカの調査依頼を取るためにも、その辺りのことは丁寧に書いた。

モニターの中の優馬はのんきに腹筋をしていた。ここにきて筋トレに目覚めたらしい。なんだか、心理的瑕疵あり物件に住んでいる優馬よりも、それを見ているおれの方が恐ろしい目にあっている気がする。

報告書が一段落つき、もうひとつの報告を忘れていたことを思いだす。昨日は寝落ちしてしまったので、妻に連絡を入れるのを忘れていた。

「ごめん。昨日は寝てた」妻にメッセージを送る。

数分後に返信がくる。

「そんなことだと思った。疲れてるんじゃない？」

「気疲れは多少。そっちは問題ない？」

「母子ともに健康ですよ。あと名前の候補も十まで絞ったよ」

「それは絞ったと言わないのでは」

「君の案は、だいたい落ちてるね」

「さようですか」

なんてことのない会話が、この場所も日常と地続きであることを思いださせてくれる。しばらくやりとりをし、切りのいいところで「それじゃ、仕事に戻るよ」とアプリを閉じた。まあ、戻るも何も離れていないのだが。

日が落ちるまで、まだ時間があった。後藤さんをたずねてアマッカの話を聞くか、千春くんに直接段ボール箱について質問をぶつけるか、稲葉さんをつかまえて後藤さんと千春くんの話を聞くか、遊んでいる子供たちから千春くんの話を聞くか、どれか引っかかればいいかと思い、部屋を出た。

後藤さんちのインターホンを押したが、不在だった。広場に子供たちの姿はなく、管理人窓口はカーテンで閉じられ、緊急連絡先が書かれた札が掛かっていた。

昨日、千春くんと遭遇したエントランスでしばらく待ってみたが、住人の方々に不審そうな目で見られただけで、目当ての人物は誰も通らなかった。

ふと、今日が土曜であることに気がつく。管理人も学校も休みなのだ。それに、たしかアマッカの集会は土曜だと言っていた。後藤さんはそちらに行っているのだろう。

このまま待っていれば、いつかは帰ってきた後藤さんをつかまえられるのだが、集会が何時までかわからない。何時間もいれば、不審者として通報される可能性だってある。大人しく部屋に戻って、話を聞くのは翌日以降にする。

筋トレをして汗をかいたからか、優馬がシャワーを浴びにきた。風呂場(ふろば)へ直行しようとする優馬の手を引っ張り、クローゼットが実在することを確認させた。

「クローゼットは穂柄さんの妄想ではなく、実際に存在します。穂柄さんを疑ってしまい、申しわけありませんでした、はい」おれは優馬に復唱するように言う。

「穂柄さん、疲れてます？」優馬は風呂場へ向かった。

優馬がシャワーを浴びている音を聞きながら、無人になった九〇九号室を見張る。

ドアを開ける音が聞こえた。最初は管理人室のドアが開いたのだと思ったので、視線を上げて玄関を確認したが、ドアは閉まったままだった。

だとすると、音の出所はモニターからということになる。

モニターへ視線を戻すと、リビングの中央に誰かが立っていた。

細身のレザーパンツに派手な花柄のシャツ、首から上はフレームからはずれているために確認できない。背が高く、手足が長い。モデルかロックスターか。体つきから女性だとわかった。彼女がカメラに近づき、レンズをのぞき込む。

金髪を爆発させたように四方に尖(とが)らせた髪型、右耳に大量のピアスをしている。装飾に比べて顔立ちはこれといって特徴がなかった。元々なのか何か塗っているのか顔色が悪く、唇は紫色をしていた。

鎖骨のあたりから顎(あご)にかけてタトゥーが入っている。孔雀(くじゃく)だろうか。長い尾が首から顔に向かって優雅に伸びていた。

見知らぬ女性だった。幽霊ではないと思う。顔色は悪いが、ハッキリと映っており、夕日に照らされ影も落ちていた。

女が和室へ移動する。辺りを見回したあと、こちらのカメラものぞき込む。

まず誰なのか。そして、何をしに来たのか。まさか物件の内見にきたわけではないだろう。疑問を解消する方法はあった。今すぐ九〇九号室へ向かって、取り押さえて質問すればいいのだ。問題はおれ一人で取り押さえられるかということだった。見た目で判断するのもどうかと思うが、正直おれよりも喧嘩慣れしてそうだと思った。女性とはいえ、背は向こうの方が高いし、リーチも長い。できれば一人ではなく二人で向かいたかったが、シャワーの音は続いている。

女が押入れの前へ移動する。引き戸を開けて、中へ入っていくのを確認し、おれは洗面所へ走った。「優馬」と風呂場の戸を叩く。

キュウと栓を閉める音が鳴る。「なんですか?」

「急いで出てきてくれ、緊急事態だ」

「でも、まだ泡が」

「九〇九号室に誰かいるんだよ」

「は?」

おれは洗面所から出て、優馬が服を着るのを待った。

髪の濡れた優馬が出てきて、「マジっすか？」と訊く。

「今、押入れの中にいる。二人で捕まえるぞ」

「なんで押入れの中に？」

「わかんないけど、それおまえが訊く？」

管理人室を出て、降りてきたエレベーターに乗り、九階へ向かう。

おれは階数表示を見ながら、「九〇九号室の鍵ってかけてきたよな？」と訊いた。

「あ」と優馬。鍵はかけてこなかったようだ。

九階につき、部屋の前まで走る。音を立てないようにドアを開け、体を滑り込ませる。

「靴、ないですね」優馬が小声で言う。「もう帰ったんじゃないですか？」

「あるいは土足で部屋に上がったか」モニター越しで見た女が土足だったかどうか、思いだそうとしたが、足下の印象は残っていなかった。

そろりそろりと和室まで移動する。押入れは閉まっていた。

おれはハンドサインで「どっちが戸を開ける？」と訊いた。

優馬は首を傾げた。うまく伝わらなかったようだ。

「おれが戸を開けるから、おまえが中へ突っ込め」とジェスチャーで指示をだす。

優馬は親指と人差し指を立て、手をくるりと捻った。

チェンジを要求していると思ったが、おれは「わからない」と首を傾げて、問答無用とばかりに引き戸に手をかけた。ちゃんと優馬が突入するための空間を開けておく。

「いくぞ」とアイコンタクトで伝える。

「いやいや」優馬は声にだして首を振った。

おれは勢いよく戸を開けた。

「わ、わ」優馬が叫びながら中へ入ろうとして、立ち止まる。「空っぽですね」

おれも確認する。中に女の姿はなかった。

トイレや風呂場、キッチンの収納など、人が隠れられそうなところはすべて確認したが、金髪の女は出てこなかった。

「やっぱり帰ったみたいですね、もしくは穂柄さんがまた夢を見たのか」

「そんなわけないだろ」と強く否定はできなかった。「一度、部屋に戻って映像を確認してみるよ。結果はあとで連絡する」

「夕食はどうします？」

「デリバリーを頼んで。領収書を忘れないように」

一階へ戻り、管理人室のドアノブに手をかけたところで、はたと気がつく。

おれも管理人室の鍵をかけ忘れていた。つまり、九〇九号室を出た女が、この部屋に潜り込んでいる可能性があるということだった。

静かにドアを開ける。玄関に靴はない。幸い狭い部屋なので、玄関から奥まで見渡せる。ひとまず女の姿はなかった。いつでも外へ逃げだせるように土足のまま風呂場とトイレを確認したが、誰もいない。息を吐き、ようやく靴を脱いだ。

あとはクローゼットだけだ。扉は閉めてあった。開けておけばよかったと後悔した。おれはまだ中身の入ったワインの瓶をつかむ。クローゼットの前で瓶を振りかぶったが、頭に振り下ろした場合、へたすると殺してしまうかもしれないと思い、かち上げて顎を狙おうと下に構えた。

把手(とって)をつかみ、息を止め、扉を一気に開けた。

中は、またしても空っぽだった。

持っていたワインの栓を開け、そのまま口をつける。安堵(あんど)と少しの残念が混じった息がこぼれた。忘れないうちにと玄関ドアの鍵を閉め、防犯チェーンをかける。

ノートパソコンの前に腰を下ろし、アプリを立ち上げ、録画映像を再生する。

まだ和室に優馬がいるので早送りをすると、着替えを持って部屋から出ていく。

それからしばらくすると、金髪の女が姿を現した。

改めて足下を注視すると、女は靴を履いたままだった。エナメルのショートブーツでフローリングから和室へ移動する。

女が押入れの中にいたのは、三十秒ほどだった。

出てきた女は鼻の頭を指で掻き、和室からリビングへ移る。そのまま玄関へ向かうのかと思いきや、カメラの方へ向かう。そしてガラス戸を開けてベランダへ出て行った。

入れ替わるように、おれと優馬がリビングへ入ってくる。

モニターの中のおれは押入れの前で身構える。

あの時、女はまだ九〇九号室にいたのか。

いや、それどころか、今もまだベランダにいる？

おれは優馬に電話をかけた。

呼びだし音が切れるとすぐに、

「すぐその部屋から出ろ！」と叫んだ。

「えっと」

「女がベランダにいるんだよ！」

「ですよね」鼻息が響く。「今、目の前にいらっしゃいます」

優馬の声は途中で離れていった。
「どうも」いきなり聞き覚えのない声が耳に飛び込んできた。
おれは慌ててモニターの映像をリアルタイムに切り替える。
リビングに優馬がおり、その前に金髪の女が立っていた。
長い腕を折り畳み、優馬から奪ったスマートフォンを耳に当てている。
「はじめまして、アマツカです」
ハスキーな声でそう言うと、派手な頭をペコリと下げた。

五日目

アマツカはシラスと大葉の冷製パスタに、サラダとドリンクがついたランチセットを頼んだ。ドリンクはストレートのアイスティーを食前に。おれはゴルゴンゾーラを使ったクリームソースのニョッキを同じくセットで。ドリンクはいくらか課金してグラスの白ワインにする。

「あ、やっぱり私も白ワインで」アマツカが店員に告げる。

アマツカとおれは駅前のイタリアンレストランにいた。

時刻は二時を回ったところで、他に客は男性が一人いるだけだった。

おれは水の入ったグラスに口をつけ、向かい側の席に座ったアマツカを見る。今日は、真っ赤なシャツに藍色(あいいろ)のネクタイを合わせ、爆発した金髪をカチューシャで後ろにまとめている。二十代後半から三十代前半ぐらいだろうか。首に入ったタトゥーも含めて派手な見た目に引っ張られ、顔の印象がいつまで立っても定まらない。そういう狙いなのだろう。ますます胡散臭(うさんくさ)いなと思う。

昨日、電話越しに「はじめまして、アマツカです」と名乗られても、おれはしばらく反応できなかった。あわあわと口を動かしたあと、なんとか「アマツカって、あのアマツカさん?」と言葉をひりだした。

「あのアマツカです」すぐにハッキリとした答えが返ってくる。

あのアマツカらしい。おれにとって「あのアマツカ」とは、後藤さんが言っていた「霊媒師のアマツカ」しかいない。

「どうして、集会にいらっしゃらなかったんですか」アマツカはカメラに向かって笑みを浮かべる。

「どうしてって」

「後藤さんに誘われませんでした?」

「誘われはしたけど」

「つれないですね」

つれる理由がない。「電話だとあれだから、今からそっちへ行く」

「それには及びません」アマツカが見るからに高そうな腕時計に視線を落とす。「もう時間がないんで、今日は帰ります。また明日改めておうかがいします。そうですね、よろしければランチでも一緒に」

そう誘われて今に至る。店はアマツカの指定だった。

「ここ、四時までランチメニューをやってるんで使い勝手がいいんですよ」アマツカがグラスを摑む。手には曼荼羅のタトゥーが入っていた。

おれの視線に気がついたアマツカが手を持ち上げて見せる。手の甲だけでなく、平のほうにもびっしりと描かれている。

「ヘナタトゥーです。植物由来の染料で皮膚を染めているだけなんで、一ヶ月ほどで消えるんですよ」

「へえ」と相槌をうつ。タトゥーが消えた状態で、おれは彼女を認識できるだろうか。

アマツカが背もたれに体をあずけて、足を組む。「昨日の夜はいかがでしたか？面白いものは撮れましたか？」

昨日はとくに何も、千春くんが来ることも、優馬が押入れに閉じこもることも、おれが寝落ちして奇妙な夢を見ることもなかった。

「昨日は、どうして隠れてた？」おれは質問を返す。

「べつに隠れてないですよ」アマツカが二本の指を紫色の唇に当てる。「外で煙草を吸ってただけです」

九〇九号室にはカーテンがかかっていないので、ベランダに人がいれば、さすがに気がついたはずだ。つまり、アマツカはリビングと和室の間にある死角に立っていたことになる。

「少なくとも、おれたちが入ってきたことは気がついてたろ？ それでも出てこなかった理由は？」

店員がサラダとグラスを持ってきた。葉物の上にフルーツトマトと生ハムがのっている。

「穂柄さんだという確信がなかったのと」アマツカが笑みを浮かべる。「あと、面白い動きをされてたんで、ながめてたくなっちゃって」

おれたちが押入れの前でやっていたジェスチャーゲームを見ていたらしい。

そのあと、おれが管理人室に戻り、空気を入れ換えようとガラス戸を開けた優馬が、ベランダにいるアマツカを発見した。

「面白いですね、彼。ベランダにいた私に気がついたあとの第一声が、煙草もらえます？ ですからね。一本あげましたけど」

光景が目に浮かんだ。何事にも動じない優馬らしいなと思う。

「それで、なんの用だ？」おれは眉を寄せる。

「睨まないでくださいよ」アマツカが困った顔で笑う。「そうですね、善意の情報提供だと思ってください」

おれはサラダにフォークを刺す。「押入れに穴が開いているとか、そういう情報はいらないぞ」

「でも、押入れで変わったことが起こりませんでした？」

「後藤さんに押入れに気をつけろと言わせたのは君だろ？　そうやって押入れというキーワードを植えつけることによって、どんな些細な出来事でも押入れと結びつけて考えるように仕向けてるんだろ？」

厳密に言えば、優馬が最初に押入れに閉じこもったのは、後藤さんから押入れの話を植えつけられる前のことなのだが、それは黙っておいた。

「穂柄さんが私のことを胡散臭いと思っていることはわかりました。それも、変な前情報を植えつけられているせいなんでしょうか？」

おれは咀嚼していたトマトを飲み込む。「前情報があろうがなかろうが、どちらにしても胡散臭いよ」

アマツカは声をあげて笑う。「ひどいな」と言って、胸ポケットから革のカードケースを取りだす。「ご挨拶が遅れました。アマツカです」

手渡された名刺には、「甘遣探偵事務所　甘遣くるみ」とあった。

名刺から顔を上げる。「探偵？」

「同業です」甘遣がグラスを持ち上げて、口をつける。

「霊媒師って聞いてたけど」

「ええ、そういう名刺も持ってます」甘遣がグラスを置く。中身が半分に減っていた。

「穂柄さんも持ってるでしょ？　いろんな名刺」

「霊媒師は持ってないよ」

「いいですよ、霊媒師。お勧めです」

「つまり、探偵をやりつつ、霊媒師もやってるってことか？」おれもグラスを煽る。

「ますます胡散臭い」

「いえいえ、探偵一本です。接する相手によって霊媒師の方がいい場合があるってだけで」

「サロンを開いて、金を取ってるって聞いたぞ」

「サロンなんて大それたものじゃないですよ、食事をしたりカラオケに行ったりするだけです。あくまでも話を聞いているだけで、お金は、まあ、相談料といいますか、講習料といいますか、くれるっていうものを断るのも変じゃないですか」

「他にも後藤さんに塩を作らせたり、虎柄のものを買わせたりもしてるだろ？」

「あれは後藤さんが勝手に購入されただけで、私が売ったわけじゃないです」甘遣が生ハムをフォークですくう。「後藤さんが、こんなの買っちゃったと落ち込まれてたんで、虎柄には魔除けの効果がありますからとか、多少フォローはしましたけど」

おれは鼻を鳴らす。「フォローと称して言葉巧みに後藤さんを操ってたわけだ」

「と言いますと？」生ハムを口に入れる。

「君は後藤さんを使って九〇九号室の怪談を広めさせたんだ。後藤さんだけじゃなくて子供まで使ってな。そうやって信者を増やそうと考えてたんだろうけど、そうは問屋が卸さず、ただ九階の住人が出ていく事態になり、怪談とそれを信じる後藤さんだけが残ったってわけだ」

おれが話し終えると、甘遣は目を丸くして、咽せながら笑い始めた。

「何がおかしい」

「いや、失礼、ふふふ」まだ笑いがおさまらず、甘遣は顔を伏せる。「いや、失礼、ふふふ」というのを何度か繰り返した。

顔を赤くした甘遣が深呼吸をする。「いやー久しぶりに呼吸困難になりました。穂柄さんって面白い人ですね」

ここまで腹の底から笑われてしまうと、ああ、自分は見当違いなことを言ったんだなと嫌でもわかった。

店員がパスタの皿を持ってきた。チーズの香りが漂う。

「はじめから話しますね」甘遣がフォークにパスタを巻きつける。「私の依頼人は大場紀夫さん、亡くなられた瞳さんの旦那さんです」

※

甘遣は紀夫さんから妻の浮気調査を依頼されたという。

瞳さんの妊娠が発覚してすぐのことだった。「お腹の子が誰の子か知りたい、自分の子ではありえない」と紀夫さんは断言したらしい。

「なぜ、そう思うのかは訊きませんでした。調査に必要な情報でもないですし」

甘遣が大場さんの周囲を調べ始めると、浮気の証拠がすぐに出てきた。

ただし、浮気をしていたのは瞳さんではなく紀夫さんだった。

「は？」おれはニョッキをすくったスプーンを止める。

「私も、は？　って思いましたよ」

瞳さんの写真を持って、車で行ける範囲のラブホテルなどに聞き込みをしたところ、すぐに目撃証言が集まったのだが、皆が指さすのは瞳さんではなく、その写真に一緒に写っていた紀夫さんの方だった。さらに部屋を見張ったところ、撮れたのは、奥さんが出かけている間に女性を呼び込む紀夫さんの姿や、隙を見て隣の部屋へ通う紀夫さんの姿だった。

「つまり、妻の浮気調査を依頼しといて自分がお隣さんと浮気をしていたってことか?」

「お隣さんだけじゃありません。紀夫さんは他にも九〇七号室から、九〇六、九〇五、九〇四、九〇三、九〇二、九〇一号室と、九階に住んでいるすべての部屋の奥様と浮気をされてました」

「冗談だろ」

「ええ、私もさすがに笑っちゃいました。毎日ちがう部屋の女性と会ってるんですから」甘遣は店員を呼び止め、ワインのお代わりを頼む。「あれでしたら、当時の資料をお見せしますよ」

浮気調査は数ヶ月に及んだが、結局、奥さんが浮気をしていた証拠は見つけられず、瞳さんが自殺をしてしまったので、調査は終了となった。

「ちょっと待ってくれ」おれは甘遣の話を止め、頭の中を整理する。

紀夫さんが複数の女性と、しかも同じフロアに住む女性と手当たり次第に浮気をしていたのが事実だとするなら、それが瞳さんの自殺の原因ではないのか。さらには、自殺があったあとに九階の女性たちが次々と妊娠していったことにも、ちがう意味合いが出てくる。

おれは整理した内容を伝えた。

「半分あたり半分はずれといった感じですかね」甘遣が新しく運ばれてきたグラスに口をつける。ついでにおれもお代わりを頼んだ。

「そもそも、どうして紀夫さんは、お腹の中の子が自分の子供じゃないと断言したんだ？ 浮気に忙しくて夫婦では性行為がなかったということか？」おれの言葉が耳に入ったのか店員がギョッとしていた。

「いや、性行為はあったらしいですよ。わりと頻繁に」甘遣は店員が離れたのを確認し、声を落として言った。「紀夫さんは過去に無精子症と診断されていました」

無精子症とは精液内の精子が一匹もいない状態のことだ。無精子症には精子の通り道が詰まっている閉塞性無精子症と、睾丸の機能が低く精子の数が極端に少ないか、まったく作ることができない非閉塞性無精子症があり、紀夫さんは後者とのことだった。

「医者に普通の性行為では子供はできないと告げられていたそうです」

「そのことを瞳さんには？」

「伝えてなかったようです。子供を欲しがっていた奥さんには、どうしても話せなかったと」

紀夫さんは、子供が非常に作りづらい体だった。それなのに、瞳さんが妊娠したので、浮気を疑った。

紀夫さんは探偵を雇って調べたが、出てくるのは自分が浮気をしているという証拠ばかりで、妻が浮気をしたという証拠は出てこなかった。ただ、妻が浮気をしたことは間違いない。なぜならお腹の中に子供がいるのだから。

「紀夫さんは最後の手段に出ました。瞳さんに自分が無精子症であることを告白したんです。ずっと隠し持っていた診断書を見せつけて。そして誰の子だと詰め寄った」

紀夫さんの剣幕に、瞳さんは顔を青くして、わずかに首を横に振ったあと、和室に閉じこもってしまったという。

「瞳さんが自殺したのは、その翌日でした」甘遣がフォークを置く。皿は綺麗に空になっていた。おれの皿には冷えたソースとニョッキの塊が残っている。

「紀夫さんの無精子症が誤診だった可能性は？」

「瞳さんの妊娠が発覚してから再度検査をして、無精子症であると診断されています」

「じゃあ、お腹の子は一体」

誰の子だ？

「紀夫さんも、瞳さんも、そう思ったでしょうね」

しばらく無言になった。皿が下げられ、小さなティラミスが置かれる。

「あたたかい紅茶をふたつ」甘遣が注文する。

紅茶が届くまでに甘遣から聞いた話を吟味した結果、「とても信じられない」と正直な感想を口にした。「あまりに突拍子もない話だし、お得意の作り話じゃないのか？　そもそも、君が探偵であるということからして怪しい」

「疑り深いですね。さすが同業者」

「同業者なら、依頼人のことをペラペラしゃべったりしないんだよ。守秘義務って知ってるか？」おれはティラミスを一口で食べる。

「ご心配なく、ちゃんと許可を得て話してますよ」甘遣が手を挙げる。「大場さん、こちらへ」

すると、店の奥に座っていた男が立ち上がり、こちらへ近づいてきた。アイボリーのポロシャツにベージュのスラックスといった地味な格好の、三十代後半から四十代前半ぐらいの小柄で面長な男性だった。

甘遣が立ち上がり、男を迎える。「大場紀夫さんです」

紀夫さんが頭を下げる。汗をかいた頭皮が店の明かりを反射していた。

「え」おれは慌てて立ち上がる。

「はじめまして」紀夫さんがまた頭を下げる。

「どうぞ、お掛けください」甘遣が隣の席を勧めた。

紀夫さんが腰を下ろしたのを確認し、おれと甘遣も改めて席につく。

紀夫さんは恥ずかしそうに顔をうつむかせ、細い指で額を掻いていた。店員が紀夫さんのカップを持ってくる。

先ほどまで話で聞いていた紀夫さんと目の前にいる紀夫さんがうまく結びつかなかった。失礼を承知でいえば、複数の女性と浮気をするような人物にはとても見えず、これもまた仕込みなのではないかと思ったが、仕込むならもっとそれらしい人物を選ぶだろうと思い直す。

「どうですか？」甘遣が笑みを浮かべながら訊いてきた。

「どうって」

「この方が浮気をしてたなんて、信じられないでしょ」

「いや、べつに」

「お恥ずかしい」紀夫さんはますます顔を伏せる。

もぞもぞとズボンのポケットから財布を取りだし、免許証を見せてくれた。そこにはちゃんと「大場紀夫」とあった。

「私もおかしいと思います」紀夫さんは免許証を財布に戻しながら苦笑する。「あの時のことは、あんまり思いだせなくて、断片的に覚えていることも、まるで出来の悪いポルノでも見ているような感じでして」

「あの、そもそも、どうして紀夫さんがここに？」

「私の話だけだと信じてもらえないだろうなと思ったので来てもらいました」甘遣が答える。「初めから紀夫さんに話してもらってもよかったんですけど、突拍子もない話であることは重々わかってたんで、段階を踏んだ方がいいかなと。それでまずは、私が体験したことを話して、満を持してご本人に登場してもらいました」

「モノマネ番組みたいに言うなよ」

「それじゃあ次は紀夫さんの口からお話ししていただけますか」

甘遣にうながされて、紀夫さんが口を開く。「先ほどもお伝えした通り、あの時のことはよく覚えてないんですけど、性欲が抑えられなかった時期があるのは確かです。

ただ性欲を持て余しているからといって不倫をしようとは思いませんし、それに、たとえ、不倫をしたいと思ったところで、相手がいなければどうしようもありません。そもそも私は恋愛関係には疎くて、妻以外の女性とそのような関係になったことがないんです。自分からアプローチをしたこともありません。それなのに、私は気がつくとお隣のインターホンを押していました。そして、出てきた奥さんをラブホテルに誘ったんです。まだ昼にもなっていなかったはずです。その三十分後に私たちはホテルにいました」

紀夫さんはそこまで一気に話すと、コーヒーをすすった。

「えーっと」おれは近くに店員がいないことを確認する。「それが本当の話なら、おっしゃる通り出来の悪いポルノですね」

そう言ってから目の前に女性がいることを思いだす。これはセクハラになるのだろうか。

甘遣は眉間(みけん)にしわを寄せて、顎(あご)に手を当てる。「出来が悪いというか、催眠術をかけてほにゃらら、みたいな企画ものっぽいですね」

「まさしく催眠術をかけているような、かけられているような気分でした。その日から、同じ階に住まわれている女性に次々と声をかけていったのですが、不思議と誰か

ら も断られなかったんです。それからは、毎日、とっかえひっかえ、いわゆるセックス依存症です。そんな日々が一ヶ月ほど続いたころです。妻から妊娠を告げられました」

そこで紀夫さんはコーヒーを飲み干し、カップを静かに置いた。

「ああ、妻が浮気をしたと思いました。自分だって浮気をしているくせに、おかしな話なのですが、裏切られたとショックを受けたことを覚えています」

「ショックを受けたあとも、紀夫さんは浮気をやめなかったんですよね」

甘遣が調査中に紀夫さんの浮気現場を目撃しているので、そういうことになる。

「はい」紀夫さんが困惑した顔で頷く。「妻が妊娠して抱けなくなった分、浮気の回数はむしろ増えたぐらいです」

おれは紅茶に口をつけた。一体なんの話を聞かされてるんだっけと見失いそうになる。

「それで、甘遣さんに調べてもらったのですが、妻が浮気をしているという証拠は出てきませんでした。でも、よくよく考えれば浮気をしたという明確な証拠は妻のお腹の中にあるわけです。だから、直接問いただしました。その時に自分が子供ができない体であることも告げました。妻を追いつめる道具として告白したんです。あれほど伝えられなかったことが、怒りにまかせたらこうも簡単に口にできるのかと驚きました」紀夫さんは泣きそうな顔で笑っていた。「私は、浅ましく、愚かで、卑怯な男です」

瞳さんは和室に閉じこもる前に、お腹に手をあて、「じゃあ、この子はなんなの？」と訊いたという。

翌日、彼女はお腹の子と共に命を絶った。

「私が無能で、奥さんの浮気相手を見つけられなかっただけという可能性はあります」甘遣が灰皿を引き寄せ、煙草をくわえる。

あるいは、瞳さんは不倫していたのではなく、誰かに強姦されたのではないか？ そのことを夫に相談できずにいたところ、妊娠が発覚する。その時点では、まだ夫との子である可能性があった。しかし、紀夫さんの告白により、その可能性は絶たれた。深く絶望した彼女は、自ら命を絶った。

といった考えが浮かんだが推測で口にしていい内容ではなかったので黙っていた。

「実は、紀夫さんが不倫三昧になる前に兆候とも呼べない、些細なことがいくつかあったそうです」甘遣が紀夫さんに視線を向ける。「ですよね？」

「はい」紀夫さんが頷く。「不倫三昧になる数日前からですかね、気がつくと押入れの中にいるということが何度かありました。押入れに入ったことは、まったく覚えてなくて、妻に声をかけられて初めて自分が押入れの中にいることに気がつくんです」

「押入れですか？」どこかで聞いたような話だなと思った。

「それから、急に筋トレなんかを始めて、体を鍛えるようになったんです。それまでは運動なんかさっぱりだったのに。今思えば、不倫に備えて体力をつけようとしていたのかなって」

「穂柄さん」甘遣がおれを見る。「どうですか？　何か心当たりはありませんか？　たとえば九〇九号室にいる彼に、同じような兆候が出ていたりしませんか？」

おれは口を開けたが、なかなか言葉が出てこなかった。

心当たりはあった。

※

甘遣と紀夫さんとは店の前で別れた。

ランチだったはずが、日が暮れ始めている。得た情報を頭の中で整理しながら、マンションまで歩いた。

瞳さんのお腹の中にいた子は、紀夫さんの子供ではなかった。無精子症ならまず間違いないだろう。ただ、瞳さんは浮気をしていなかったという。とはいえ、甘遺が調査を開始したのは妊娠が発覚してからであって、過去のことはわからない。出会ったばかりの男性との一度きりということもある。そうなると父親を探しだすのは難しい。

子供の父親よりも気になるのが、紀夫さんの異様な性欲だった。まるで発情期の動物のように、近場の女性と手当たり次第に関係を持っていったという。動物とちがうのは、いくら性行為をしても彼は子孫を残せないということだった。

しかし、瞳さんが亡くなってから、九階に住む女性たちも次々と妊娠していったのではなかったか。

そのお腹に宿った子供たちは誰の子なのか。

普通に考えれば、夫婦の子供である。浮気をしていたとはいえ、紀夫さんは無精子症なのだから、当然そうなる。

本当にそうか？

管理人室にたどり着いても、頭の中は混沌としたままだった。

ドアを開けて、中に入る。

さらに気になるのが、紀夫さんがセックス依存症になる前に、押入れの中にこもっていたということだ。それは、優馬の身に起きたことと同じだった。

そして、紀夫さんは急に体を鍛えだしたという。思えば、数日前から優馬もストレッチや筋トレを始めていなかったか。

おれはノートパソコンを立ち上げる。

九〇九号室の映像を確認しようとしたが、映らない。

あれ？　とカメラを切り替える。リビングの方は映る。和室のカメラだけが死んでいた。どうやら電源が切られているようだ。

おれは優馬に電話をかけようとスマートフォンを手に取った。

そこで、リビングのフローリングに和室から影が伸びていることに気がつく。

影は短い間隔でゆらゆらと動いていた。

スピーカーから微かに音がこぼれていた。

音量を上げると、肉を打つ音と、甲高い女性の喘ぎ声が部屋に響いた。

六日目

おれは九〇九号室のベランダに出て、日が昇るところを見ていた。

足下に視線を落とすと、踏みつぶされた吸い殻があった。紫色の口紅がついている。甘遣が吸った煙草だろう。

振り返り部屋を見る。中には誰もいなかった。

昨日、ノートパソコンから聞こえる音で、部屋の中で何が行われているかを理解したおれは、九〇九号室のドアを叩いた。

丁度、服を着るぐらいの時間待たされ、ドアが開く。

「あ、穂柄さん、戻られてたんですね」心なしか顔を上気させた優馬が顔をだす。

「どうされたんですか?」

「いや、和室のカメラが切れてるみたいだけど」おれは部屋の奥をのぞき込む。

すると、優馬が扉を閉めようとしたので、すかさず足を入れた。

「もしかして、誰かいる?」とおれ。

「いませんけど」

「カメラを確認したいから、中に入っていい？」

「それは、ちょっと」

「なんで？」

「散らかってるんで」

「気にしないよ」

「ぼくが気になるんで」

「やっぱり誰かいるよね？」おれはもう一度訊いた。

しばらく見つめ合ったあと、優馬は目を伏せ、中に彼女がいることを白状した。

畳の上で正座をして並ぶ優馬と彼女を背に、おれはカメラの電源を入れ直す。

同じ大学に通っているという彼女はずっと目を伏せていた。黒い髪が汗で頬に張りつき、それを指で耳にかける。妙に艶(なま)めかしく見えるのは、耳に残っている甲高い声のせいか。

「どうしても事故物件が見てみたいっていうんで」優馬はわかりやすく額に汗を浮かべていた。「その、カメラは彼女に説明している時に間違って切っちゃったみたいで、すいません」

「すいません」と彼女が続けて言う。

「いや、べつに怒ってるわけじゃないから。映像が切れていたから心配になっただけで」おれは笑みを浮かべる。「ごめんね、彼氏を借りちゃって。優馬くんにはいつもお世話になっております」

二人が部屋で何をしていたかは問わないことにした。

間違いなく性行為をしていたとわかっているからこそ問えなかった。

それに付き合っている二人が性行為をすることはなんら不思議なことではない。五日間も部屋に監禁されていた優馬が、可愛らしい彼女と久しぶりに顔を合わせ、発情したとしても、しかたがないと思う。

それでも、おれは優馬に荷物をまとめて帰るように言った。

「え、なんでですか」優馬が声をあげる。「彼女を連れ込んだからですか」

「いや、そういうわけじゃないけど」

「だったら、最後までいさせてください」

「すいません、私が無理やり押しかけたんです。優ちゃんは悪くないんです」彼女が優ちゃんを庇う。

どう説明したものか。「優ちゃんは部屋にとり憑かれて発情している可能性があるから、出た方がいいんだよ」とは言えなかった。

「最後の二日間は自分で泊まって確かめたいってだけだよ」

そのように伝え、給料は引かないことを約束し納得してもらった。

おれは一度管理人室に戻り、荷造りをして九〇九号室に移った。

「ぼくが穂柄さんを見張らなくていいんですか？」リュックを背負った優馬が訊く。

正直に言えば見守ってもらいたかった。何かが起こった時に、駆けつけてくれる人間がいるというのは心強い。ただ、優馬をこれ以上この部屋と関わらせていいものかという別の不安がつきまとう。それは避けたかった。

「自分で見張るから大丈夫だよ」おれはノートパソコンに視線を向ける。九〇九号室の中で九〇九号室の監視映像を見るつもりだった。

「それって、意味あるんですか？」首を傾げる優馬と彼女を玄関まで見送った。

臆面もなく指をからめて帰っていく二人を呼び止めて、「ちゃんと避妊はしたよな」と訊きたくなったが、ぐっと堪えた。

ドアを閉め、しっかりと鍵をかける。和室には、優馬が「よかったら使ってください」と置いていったエアマットがあった。ため息をついてマットの上に腰を下ろすと、うめき声のような音が鳴った。

美海からメッセージがきていたが、やりとりを通してこの部屋の負のエネルギーが伝わってしまうような気がし、返信は最低限にとどめた。この「気がする」というのは、非常に厄介で、がんばって積み上げてきた理屈を軽々と越えてくる。

甘遺や紀夫さんが言っていたことを全面的に信じたわけではないが、優馬にも同じような症状が出ていることは事実だった。

九〇九号室に住む男は発情し、子供を作ろうとする。

突如として起こった九階のベビーブーム。

それらは、すべて紀夫さんとの性行為によってできた子供だろうか。

でも、紀夫さんは普通の性行為では子供が作れないという。

では、誰の子供なのか。

部屋の子供か。

この部屋が紀夫さんを通じて子種をまいたのではないか。

そんな気がした。

すぐに馬鹿ばかしいと思ったが、気がしてしまったものはしかたがない。

おれは薄暗い部屋を見回す。視線は自然と押入れで止まった。

紀夫さんと優馬は押入れで、何をしていたのか。

今さらながら、押入れにもカメラをセットしておけばよかったと後悔する。

瞳さんの事件が鮮烈すぎて、それ以前のことは調べていなかったが、この押入れで昔、何かあったのだろうか。押入れで性交中に亡くなった夫婦がいるとか、性豪が監禁されて亡くなっているとか、そういう過去があれば、少しは納得できるのだが。

おれは押入れから視線を引きはがし、パソコンを見る。モニターの中にいるおれもパソコンを見ており、不思議と孤独感が少しだけ紛れた。

それからはとくに何事もなく日の出を迎えることができた。気がついたら押入れの中にいたということもなかった。自分の認識は当てにならないと、録画映像でも確認したが、おれは押入れに入っていなかった。

太陽がすっかり顔を見せたのを確認し、おれはベランダから部屋の中へ戻る。

エアマットは和室からリビングへ移してあった。大場瞳さんが自殺したリビングよりも、押入れから離れることを選択した。すでに恐怖の対象は、血まみれの大場瞳さんから押入れに代わっていた。

戸は閉めてある。可能ならば、おれが中に入ってしまわないように本棚や食器棚などで塞いでしまいたかったが、残念ながら部屋に動かせる家具はなかった。

明るくなったので、電灯を消し、マットに横になる。

和室に背を向けて目をつむった。

おれはノートパソコンを見ていた。
モニターに九〇九号室の和室が映っている。
粒子が粗い。
夜だった。
ギチギチとうめき声をあげるエアマットの上で肌色の塊が蠢いていた。
顔は見えない。
二人は座位で抱き合い、お互いに額を肩に埋めている。
暗闇の中。
畳の上に置かれた電灯に照らされた背中が浮かんでいた。
回された女性の手は爪を立て、皮膚を引きはがそうとしているようだった。
二人とも無言だった。
息も漏らさず、体をゆさゆさと揺らしている。
瞬間、視界が変わった。
いや、見ている映像は同じなのだが、フレームだけが変わる。
おれは、隙間から性行為を覗いていた。

背景にベランダが見える。
角度から考えて、おれは押入れの中にいるのだと理解した。
ひとつの生命体のようにまぐわう二人は、優馬と彼女なのだろう。
二人の上気した顔を見た時、このような光景が頭をよぎったのは事実だ。
まさか夢に見るとは。
目を閉じたかったが、やり方がよくわからなかった。瞼がないのかもしれない。
しかたなく背中に浮かびあがった肩胛骨の突起を見ていた。
腰と連動し、うねっている。
ふと視線を感じた。
見ると、肩の上に彼女が顎をのせていた。
それは、
優馬の彼女ではなかった。
それは、
妻の美海だった。
赤らんだ頰。張りついた髪の毛。
歪んだ顔。苦しんでいるようにも喜んでいるようにも見える。

動きにあわせて、口から、息が、声が、押しだされる。
ん、ん、ん、ん。
潤んだ目がおれを見ていた。
おれの存在に気がついていた。
そこで、目が覚めた。
おれは寝返りを打ったようで、押入れが目に入った。
頭がぼうとしている。
まだ寝ぼけているのもあるが、脱力と快感の余韻に浸っていた。
股間（こかん）にトランクスが張りついている。
ぬるつく不快感に一気に現実に引きずり下ろされた。
どうやら夢精をしてしまったらしい。

※

トランクスは水で洗い、ベランダにある室外機の上に掛けておいた。
べつに初めてのことじゃない。誰かと比較をしたことはないが、しばしば夢精をするほうではあった。この仕事についてから性処理をしていなかったから知らず知らずのうちに性欲が溜まっていたのだろう。そんな中、若い男女の営みを垣間見てしまい、さらには同じマットで眠ったのだから、夢精ぐらいする。ただ、夢精をしたところをカメラで撮っていたのは初めてのことだった。気になったが、どう考えても情けない姿を目にするだけなので、再生するのはやめておいた。

　おれは二種類の報告書を作成していた。ひとつは、何事も起こらなかったという結論に結びつける予定のもの。もうひとつは、自分が体験し覚えた感情や知り得た情報をすべて記入し、この部屋には何かあると結論づける予定のもので、どちらも嘘ではなかった。

　曖昧な部分をすべて排除して書けば、何事も起こっていない味気ない報告書となる。反対に、すべてを書いた報告書は雑味が多すぎてよくわからない。書いている人間がひどく混乱しているということだけはわかったし、実際にそうだった。ちなみに、優馬の性行為は後者に記し、おれの夢精はどちらにも書かなかった。

　スマートフォンで時刻を確認すると、昼の二時を回っていた。そのまま電話をかけ、そば屋に出前を頼む。飲み物は管理人室から運んだものが残っていた。冷蔵庫がないのですっかり常温になっているが、飲めないことはない。

三十分ほどして、玄関からドアを叩く音がする。
出ると、先日と同じ店員がオカモチを手に立っていた。
「あれ、今日はこちらにいらっしゃるんですね」店員が驚いた顔で言う。
「ええ、まあ」ラップに水滴のついたどんぶりを受け取り、代金を払う。
ドアを閉めて、鍵をかける。そこで、違和感を覚える。
自分が鍵を開けていないことに気がつく。
つまり、鍵が開いていたということになる。
昨日、優馬たちを見送ったあと、おれは確かに鍵を閉めた。
それから玄関を出入りした者はいないはずだった。
おれは急いでノートパソコンを起動し、最新の録画ファイルを再生した。
しかし、慌てていたせいか、和室の方の映像を選択してしまう。
誰もいない和室が映るはずだった。
ところが、女の子が二人、向かい合って座っている。
畳の上で正座を崩したような格好で笑い合っていた。
ボリュームを上げると、ケラケラと明るい声が聞こえる。
何かの手違いで、見知らぬ誰かの家で撮影された映像が混入したのではないかと思った。ただ、彼女たちの背後に押入れの戸が見える。部屋の様子や画角を見るに、間違いなく九〇九号室の和室を監視している映像だった。

おれはモニターから和室に視線を移す。もちろん女の子などいない。

モニターに視線を戻す。タイムバーを確認すると、今から五十分ほど前となっていた。

丁度、おれが眠っていたころか。

リビングの方から男の子がやってくる。二人の女の子を手で呼び寄せる。女の子たちは立ち上がり、和室から出ていく。

おれは映像を止め、少しだけ戻す。一瞬だけ見切れた男の子の顔を確認した。

千春くんだった。

以降、無人の映像が続いたので、リビングの録画ファイルに切り替えた。

リビングでは数人の子供たちが走り回っていた。廊下とリビングを行き来する男の子、キッチンで転がっている女の子、ベランダから飛んで入ってくる男の子、それらを見てクスクスと笑う男の子と女の子。そんな中、千春くんだけは、エアマットで眠っているおれをじっと見下ろしていた。

数えると、リビングにいるのが千春くんを含めて七人、和室の女の子を足して九人の子供たちが部屋にいたようだ。

千春くん以外の子たちにも見覚えがある。数日前にエレベーターに乗り込んできた子供たちだった。

千春くんが周りを見回し、「ねえ」と声をかける。遊んでいた子供たちが顔を上げ、近づいてくる。千春くんは和室に行き、女の子たちを呼んでくる。

九人の子供たちがエアマットの周りに集まった。

モニターの中のおれは見られていることなど知る由もなく、うなり声をあげると、寝返りを打つ。

「ほら」千春くんが指をさす。

瞬間、おれは体を丸め、腰のあたりをビクビクと痙攣させ始めた。

子供たちがドッと笑う。

おれが夢精する様を見ながら、ある子は手を叩き、ある子はお腹を抱え、ある子は足をバタつかせて笑っていた。

そして、おれが静かになると、千春くんを先頭に玄関の方へ去っていく。廊下に光が射し、子供たちが出ていったのがわかった。

しばらくして、目を覚ましたおれは、起きあがると股間を呆然と見下ろしていた。

なぜ、玄関の鍵が開いていたかはわかった。子供たちが出ていったからだ。では、その子供たちはどうやって部屋に入ったのか。

おれはスキップして時間を戻す。

二時間前の時点では、子供たちの姿はまだなかった。早送りにする。すでに夢を見始めているのか、おれはエアマットの上で寝苦しそうにもぞもぞと動いていた。

動きがあったのは、それから三十分後だった。

ベランダの戸が開き、千春くんが姿を現した。続いて子供たちがリビングに足を踏み入れる。最初はみんなでおれの寝ている姿をながめていたが、千春くん以外はすぐに飽きてしまい、それぞれに遊び始めた。そこから先ほど見た映像の冒頭につながる。

千春くんだけが、しゃがんでおれの顔をのぞき込んでいた。もしかしたら、いつでも逃げられるように、目覚める兆候を探っていたのかもしれない。そこで映像を止める。このあと、おれは子供たちに見守られながら夢精することになる。

子供たちの侵入箇所はわかった。おれはベランダに出て、九〇八号室との仕切り板を確認した。このマンションのベランダはフロアでひと続きになっており、部屋ごとに仕切り板で区切られている。

調べたところ、枠で上下に分けられた下のパネルが、簡単に外れた。どうやら、子供たちは九〇八号室から侵入してきたようだ。

部屋に戻り、どうしたものかと思う。

子供たちは悪くない。千春くんに連れられて悪戯(いたずら)をしているだけなのだ。その千春くんだってお母さんに頼まれたか、操られているにすぎない。そもそも後藤さんに「九階は危険だ」と言いふらすように仕向けたのは甘遣だ。彼女は話を聞いていただけだと言っていたが、本当のところはどうかわからない。新しい住人が九〇九号室の不可解な現象の被害者とならないように、後藤さんを操って噂を広めている可能性はあった。結果的に九階は無人となり、新たな浮気騒動やベビーブームは起こっていない。

後藤親子は、調査にやってきたおれたちも律儀に怖がらせようとしているのだろう。そう考えれば、後藤さんの過剰な防衛も演技なのかもしれない。

ただ、すでにおれは甘遣からこの部屋のことを聞いている。信じるかどうかは別として、もはや、押入れの中に穴があるとか、自殺した瞳さんが押入れから現れるとか、夜な夜な死んでしまったマナブくんを捜して子供が訪ねてくるとか、そういう種類の怖さではないということは理解していた。

この部屋の恐ろしさは、もっと生々しい。

だから、もう驚かすのはやめてほしい。

おれは甘遣の名刺を取りだし、電話をかけた。

「はい」三コール目で出る。

「穂柄です。昨日はどうも」

「こちらこそ」甘遣は欠伸をはさむ。寝起きなのだろうか。「どうかされましたか?」

「いや、その、お願いしたいことがあって」

おれは、寝ている間に子供たちが侵入してきたことを簡単に説明した。もちろん、夢精のことは省いておいた。

「だから、後藤さんに驚かすのをやめるように言ってほしいんだけど」

おれが話し終えても、甘遣は何も答えなかった。

眠ってるんじゃないかと、声をかけようとしたら、「穂柄さん、確認してもいいですか?」と返ってきた。

おれは電話越しに頷く。

「部屋に来たのは、後藤さんの息子さん、なんですね」甘遣はいやに丁寧に確認した。

「そうだよ」

「後藤さんに息子さんはいません」

「いや、いるよ」

「いや、だって」この目で見たし、話もしたし、何より映像に残っている。

「いません」

「後藤さんのお子さんは娘さんです」

「ああ」なんだ、そういうことか。男の子っぽい格好をしていたから、てっきり息子だと思ってた。「あれ？　じゃあ、くん付けで呼んでたのって、まずかったかな？」

甘遣は質問に答えず、「千春くんって言いましたよね？」と続ける。

「そうそう、言われてみれば男の子でも女の子でもあり得る名前だったな」

甘遣はまたしばらく黙ってしまう。

「もしもし？」

「すみません。ちょっと確認したいことがあるんで、あとで折り返します」

「どういうこと？」

甘遣は返事もせず、電話を切った。

よくわからない。結局、後藤さんに伝えてくれるのだろうか。

スマートフォンの画面をながめて、しばし折り返しを待ったが、かかってくる様子はなかった。ふと何か忘れているような気がする。テーブルの上に視線を向けると、汁を吸った蕎麦がラップの下でパンパンに膨れていた。細長い麩のようになった蕎麦は箸ですくうたびに切れるので、細かくなった蕎麦をお茶漬けの要領で、口の中へかき入れた。

空になったどんぶりを洗って、玄関の外にだしておく。

部屋に戻ったところで、スマートフォンが振動した。

「もしもし」と出る。

「すいません、お待たせしました」甘遣が早口で言う。「聞き覚えはあったんですけど、確証がなかったので確認してました」

「何を?」

「千春くんを」

「いや、だから、千春ちゃんなんだろ?」

「いえ、千春くんは、くんであってるんです」甘遣がよくわからないことを言う。「紀夫さんに確認が取れました。千春というのは、大場瞳さんが、生まれてくる息子につける予定だった名前のようです」

「うん?」おれは声をあげる。「それは、たまたま同じ名前をつけてたってことか?」

「あるいは、後藤さんが娘さんに大場さんの息子のフリをさせているとか」

「なんのために？」

「わかりません」

　そこで二人とも黙ってしまう。

「待ってくれ」おれは思いだす。「じゃあ、マナブっていうのは誰のことだ？」

「マナブ？」

「千春くんが、いや、千春ちゃんか、いや、そもそも千春じゃないのか」ややこしい。「とにかく、彼女が捜している子の名前なんだけど、死んでしまった子の名前だって言うから、てっきり大場さんの子供のことかと」

　甘遺は間をたっぷりと空けたあと、「わかりません」と唸るように言った。「少なくとも、私と話している時には千春という名前もマナブという名前も出てきてません」

「君が後藤さんを操ってたんじゃないのか？」

「そんなことしてませんよ。説明しましたよね？　私は後藤さんの話を聞いていただけだって。たしかに、九階に住む人たちを勧誘するように仕向けたことは事実ですし、その結果、九階の悪い噂を流して、人が寄りつかなくなればいいなとは考えましたけど、娘さんを千春くんに仕立てて、徘徊させてるなんて、初めて聞きましたよ！」甘遺は途中から声が大きくなり、最終的には叫んでいた。

「えっと、落ちついて」

深呼吸をする音が聞こえた。「後藤さんに話を聞いてみます。もし、手に負えないと思ったら、しかるべきところでカウンセリングを受けるように勧めてみます」

「霊媒師という設定はどうするの？」

「娘さんをそこまで巻き込んでるとなると、そんなこと言ってられないですよ」甘遣が力なく笑う。「それとも穂柄さんが話を聞きにいかれますか？」

「いや、おれは九〇九号室にいるから」

「え？　管理人室から監視してるんじゃないんですか？」

「いろいろあって」

「あのボーッとした彼はどうしたんですか？」

おれは言葉を選び、「ボーッとした彼は帰しました」とだけ言った。

「兆候が出たんですね」

「まあ、大事をとって」

「調査は明日が最終日でしたよね」甘遣が声のトーンを落とす。「くれぐれも気をつけてくださいね」

「気をつけるって何を？」おれは笑う。甘遣は答えなかった。

電話を切り、深呼吸をする。

おれが後藤さんに対してできることはない。おれが受けた依頼は、九〇九号室に七日間寝泊まりし、不可解なことが起こった場合は、それを記録して報告するというものだ。後藤さんの娘さんがたびたび侵入してくるのは、不可解といえば不可解なので報告はするが、それ以上のことはしない。もし、追加で後藤さんのことを調査してほしいといった依頼がきたら改めて考える。ただ、今のところ受けたくないなという気持ちが強い。

現状、おれができることは、千春と呼ばれている子が二度と侵入してこないように戸締まりをしっかりしておくことぐらいだ。

玄関の鍵(かぎ)と防犯チェーンをかけ、ベランダに出るガラス戸の鍵もかける。トイレや浴槽やキッチンの収納など、子供が隠れられそうなところを見て回り、誰もいないことを確認する。押入れも開けて空であることを確かめた。

ひと息つくころには日が沈みかけていた。

今夜を乗り越えれば残り一日。

手元にある酒を飲み干せば、調査期間が終わるまで眠り続けることができるのではないか。もしくは、酩酊(めいてい)状態をキープするように飲めば、恐怖心を感じずにすむのではないか、と考え白ワインを紙コップに注いだ。食事も残っているつまみ類で事足りるので、デリバリーを頼む必要もない。あとは、悪夢を見ないことを祈ろう。ラジオに耳を傾けながら、ワインをちびちびと舐めている自分の映像をながめる。次第に顔が熱くなり、頭の働きが鈍くなり始めたところで、スマートフォンが振動した。

美海からのメッセージだろうと手に取ったら、美海は美海でも電話の着信だった。

「もしもし」おれの声に被さるように、

「決めたよ」と美海。

マナブ

そう聞こえた。

「え？」

「子供の名前、マナブにする」

美海は力強く、そう言った。

アルコールのせいか、思考がうまく結びつかなかった。聞き覚えがある名前だなと思ったあと、ひと呼吸置いてから、千春くんが捜していた子供の名前と同じだと気がついた。

瞬間、尻の穴から頭頂部までを槍で串刺しにされたような気がした。

おれは震えそうになるのを必死に堪え、「なんで?」と訊いた。

「ほら、私たち、学校で出会ったでしょ?」妻の声は晴れやかだった。「あと、どっちも大学に行かなくて、それで苦労もしたじゃない? 息子にはちゃんと学んでほしいなって思って、だからマナブ、どうかな?」

おれは答えられなかった。

これは偶然か?

こんな偶然があるのか?

「あれ? 気に入らない?」おれの空気を察した美海が不安そうに言う。

「いや、そういうわけじゃないんだけど」

「もしかして、自分の案が通らなかったからすねてるの?」美海が笑う。

つられておれの口からも笑いがこぼれた。

まったくおかしくないのに不思議だった。

「そういえば、藤木くんから荷物が届いてるよ」

「藤木から？」

「うん、トマトみたい」

「トマト？」

「うん、だと思う。トマトが描いてあるもん。開けていいよね」

ビーと音が聞こえた。

いつか夢で見たカッターナイフで段ボール箱を開ける音と同じだと思った。

段ボール箱にはトマトのキャラクターが描かれていて。

その時は、千春くんが赤子の首を取りだしたのではなかったか。

「あれ？」美海が声をあげた。「なんか、ヌルヌルする」

「どうした？」おれは叫んだ。「何が入ってた？」

「いや、そうじゃなくて」美海が掠(かす)れた声で言う。「破水したかも」

「え？」

「早すぎるよね」

声が震えていた。

出産予定日は二ヶ月後だった。

マナブくんはいますか？

耳元で千春くんの声が聞こえた気がした。

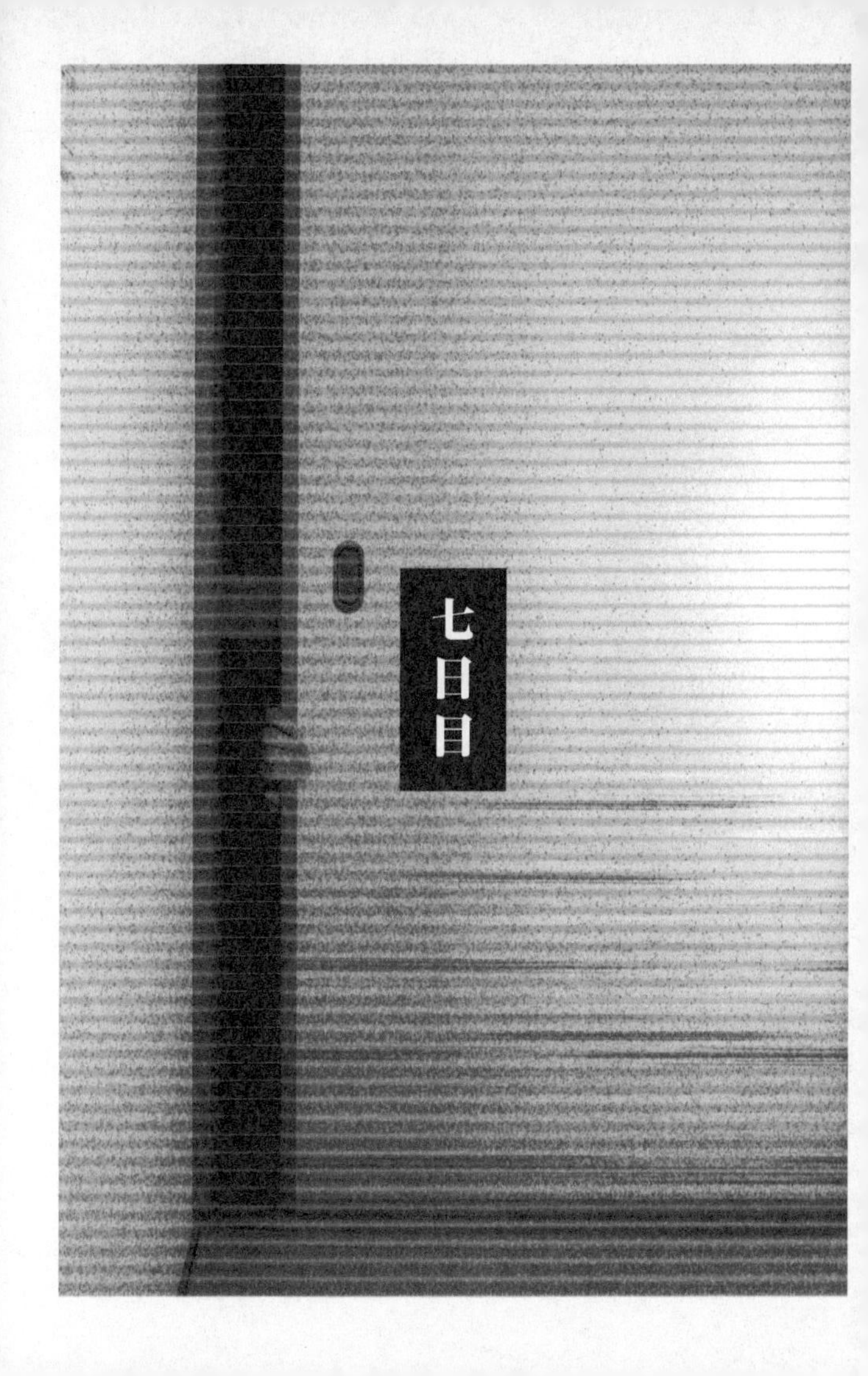
七日目

後日譚

「おめでとうございます」

甘遣が曼荼羅の描かれた手でグラスを持ち上げる。初めて会った時と同じイタリア料理店だった。窓から入った明かりがビールを通り、琥珀色の影を落としている。おれは炭酸水の入ったグラスを持ち、縁を合わせた。音がささやかに響く。

時刻も前回とほとんど同じで、他に客の姿はなかった。

昨日、甘遣から連絡があり、共有したい情報があるからと呼びだされた。

「奥さんがご無事で何よりです」甘遣は少しだけ間を空けて、「もちろん息子さんも」と言って微笑んだ。

首に入ったタトゥーが孔雀の尾から細長い腕に変わっていた。鎖骨から伸びた腕が顎を撫でている。そのタトゥーの腕にも曼荼羅模様が入っている。どうやら甘遣の腕と同じ柄のようだ。

おれは炭酸水に口をつける。妻以外の人間と食事をするのは久しぶりだった。思い返すに、この店で甘遣と食事をして以来かもしれない。もしかしたら、母や義母と食事を取っているかも知れないが、あまりに怒濤の日々に記憶があやふやになっていた。

美海が破水したあの日、おれはスマートフォンだけを持って九〇九号室を飛びだした。

救急車を呼び、電話ごしに妻に声をかけ続けながらタクシーに乗る。美海は緊急手術となり、帝王切開で赤子を取りだすことになった。

胎児の体ができあがる目安とされている三十四週に、少しだけ足りなかったものの、幸運なことに発育がよかったのか、うちの子は自発呼吸ができる状態で生まれてこられた。美海もおれも聞くことはできなかったが、元気な声で泣いたらしい。母子ともに命に別状はないと説明を受け、おれは安心して腰が抜けるという初めての体験をした。

ただ、破水した理由はよくわからないとのことだった。

結局、そのまま七日目は妻のそばにいた。

妻が目覚め、我が子を抱く姿を見たあと、おれは入院に必要なものを取りに一度家へ帰った。そこで、ようやく藤木に電話し、状況を説明した。藤木はひどく心配し、

「仕事のことは気にするな」と言ってくれた。

「そういえば」おれは気になっていたことを訊く。「おまえさ、うちに荷物を送っ

た？」

「いや、送ってないけど」

「トマトのキャラクターが描いてある段ボール箱なんだけど」

「トマト？　覚えはないけど、いつの話？」

「そっか、だったらいいんだ、すまんな、変なこと言って」

実はすでに家中を捜したあとで、トマトの段ボール箱は見つかっていなかった。妻にも確認したが、直後のバタバタと麻酔の影響か、記憶が曖昧になっているようで、「そんなこともあったような、なかったような」と首をひねっていた。

妻と息子は十日後に退院した。

「お名前はマナブくん、でよかったんですよね」甘遺が一杯目のワインを飲み干す。

「穂柄さん、思い切りましたね」

「べつに」おれは薄い生地のピザを口へ運ぶ。

結局、息子の名前は「マナブ」になった。「学」と書いて「マナブ」。

もちろん、可能ならば違う名前にしたかったところだ。ただ、その理由を美海に説明できそうになかったのと、強く拒絶してしまうと、内心では、これは偶然なんかではなく、千春くんが狙っていたのがうちの子だったのだと認めることになってしまう。

よくある名前だ。この子が学校へ行くようになれば、同級生に何人かマナブくんがいるかもしれない。それほどありふれた名前なら、千春くんが口にした名前と、妻が選んだ名前が、たまたま被る可能性だってなくはない。

それに、千春くんはマナブのことを「死んじゃった子供」だと言った。しかし、うちの子は生まれた。つまり、たとえ彼女のいう「マナブ」が、うちの子を指していたのだとしても、もはや違うマナブなのだ。破水が起こったのが、丁度電話をしている時で、すぐに対応ができて、本当によかった。

といったことをピザを食べながら説明した。

「その千春くんですが」甘遣は少し腰を浮かせて、尻のポケットから長財布をだす。ストライプ柄に太いチェーンがついている。中から一枚の写真を抜きだし、テーブルの上をスッと滑らせる。

子供たちの集合写真だった。どこかの高台で背景に紅葉した山が広がっている。皆、黄色い帽子を被っていた。幼稚園の制服だろうか。遠足のようだった。

「この子に見覚えはありますか？」甘遣が端っこにいる女の子を指さす。

日差しがまぶしいのか、険しい表情をした女の子だった。ピンク色の水筒を肩がけしている。

おれは首を横に振る。

「そうですか」甘遣は前髪を指でつまんでイジりながら言う。「この子が後藤さんの娘さんです」

「え」おれはもう一度写真を見る。ずいぶんと幼い頃の写真だったが、管理人室で話した千春くんの面影はなかった。

「名前はモナちゃん」甘遣がスンと鼻を鳴らす。「これはモナちゃんが三歳の頃の写真です」

「ずいぶんと、変わったんだな」子供の成長は早いとはいえ、ここまで目や鼻の形、唇の厚さが大幅に変わることがあるのだろうか。

「幼稚園に話を聞きにいったところ、突然、男の子の格好をし、千春と名乗るようになったそうです。先生たちはアニメか何かのキャラクターを真似ているのだろうと思ったみたいです。そういう子供は多いと言います。ただ、モナちゃんが他の子とちがうのは、そのまま卒園まで通したところです」

「それが今も続いていると?」

甘遣が頷く。「モナちゃんが千春くんを名乗りだしたのは、瞳さんの事件のすぐあとのようです」

おれは写真から視線を上げて息を吐く。「やっぱり後藤さんが、自分の娘に千春くんの真似をさせていたってことか」

「どうでしょう、幼稚園の先生がたが言うには、やらされている感じはなく、とても自然だったそうです」甘遣が指で下唇の縁をなぞる。「まるでキャラクターが乗り移っているようだったと」

おれは鼻を鳴らす。「千春くんの霊にとり憑かれてたとでも？」

「それと、モナちゃんはしばしば幼稚園や小学校を休んでいたようです。そのたびに少しずつ顔が変わっていったと言います」

「どういうことだよ」

「段階的に顔を整形していた可能性があります」

「はあ？」

「普通は発育途中の子供を整形することはありません。以降の成長を阻害するリスクがあるので。ただ、リスクを了承すれば、できないことではありません」

「いやいや、それは虐待だろ」おれは思わず声を荒らげた。店員がこちらに視線を向ける。

甘遣は、おれが落ちつくのを待ち、「本人が望んでいてもですか？」と言った。

「それは、母親がそう仕向けたってことだろ」

「私は逆だと思います。千春くんとなった娘さんが、母親を支配していたのではないでしょうか」

おれは管理人室に来た千春くんを思いだす。

クローゼットから段ボール箱をだし、中から赤子を取りだす姿を。

いや、あれは夢だ。

甘遺が眉（まゆ）を寄せ、「穂柄さんから千春くんの話を聞いてから、後藤さんに連絡を取ろうとしたのですが、つながりませんでした」と言う。続けて、「あの日から、後藤さんと娘さんの行方がわからなくなっています」

急に話が飛んだ。

「は？」

「一〇〇九号室にも戻られていないようです。さらに、ここからは警察から仕入れた情報で、数日後にはニュースにもなるかと思いますが」

そう前置きをし、甘遺は一度ワインで口を湿らせて話を続ける。

「後藤さんの家の押入れから子供の遺体が見つかりました」

また飛んだ。

「押入れってどこの?」

「和室にある押入れです」

「いや、あの部屋に押入れはないよ」一度、後藤さんの家にいった時に確認している。

「はい、モルタルで塗り固め隠されていました」甘遺は模様の入った手で、首に描かれた手に触れた。「中には複数の段ボール箱があり、中に子供の遺体がいくつも入っていたとのことです」

「いくつも? ひとりじゃないのか?」

「少なくとも十人。ほとんどが生まれたばかりの胎児で、損傷が激しく形をなしていないものも多く、ハッキリとした人数はわかっていないという話でした。現在、警察が後藤さんの行方を追っています」

「それは、後藤さんが赤子を誘拐して殺していたってこと?」

もしくは、後藤さんが産んだ子供なのか?

「詳しくはわかりませんが、もっと古いものではないかと。あのマンションができるよりずっと前という可能性もあります」

「待て待て、つまり、後藤さんか後藤さんより前に住んでいた誰かが、子供の遺体を部屋の押入れに運び入れて、塞(ふさ)いだってことか」おれは意味がわからなすぎて笑ってしまう。「なんのために？」

甘遺は「さあ？」と肩をすくめた。

おれは九〇九号室の押入れの天井部分にあった大きな染みを思いだす。

押入れの中に放置された優馬のスマートフォンからかかってきた電話。

微かに聞こえた子供の笑い声。

「とにかく、九〇九号室の上には十人もの子供の遺体があったわけです」甘遺が両手を広げてテーブルに置く。「九〇九号室に住まわれていた紀夫さんは、九階に住む女性と関係を持ち、結果、住人の方々が次々と妊娠されました。大場千春くんをのぞいて生まれたのは八人。そこに、千春くんとなったモナちゃんを含めれば、合計九人」

九人の子供。

カメラに映っていた子供は千春くんを含めて九人だった。

「十人には一人足りませんね」甘遺が両手を広げて、九本の指を立てる。

「何が言いたい」

甘遺は答えず、「わかってるでしょう？」と微笑む。

「まさか、うちのマナブが十人目だとでも？」おれは馬鹿らしいと笑う。

甘遺は手のひらを上に向ける。「数は合います。押入れの子供たちが、九〇九号室の住人を媒介にして、生まれ変わっているとは考えられませんか？」

　おれは炭酸水を飲み干し、白ワインのボトルを注文した。何があってもすぐに車が運転できるように、ここひと月は禁酒していたのだが、とてもじゃないが素面では聞いていられなかった。届いたワインをグラスに注いでもらい口をつける。久しぶりのアルコールに後頭部がじんわりと痺れた。

「ありえない、おれが初めてあの部屋に足を踏み入れたのはひと月前だ。そのころには妻はすでに妊娠していた。もちろん部屋に操られて性交をした覚えもない。うちの子とあの部屋にはなんのつながりもないんだよ」

　甘遣は椅子にもたれて、ため息をつく。「たしかに、そうですよね」

「面白い話だとは思うけど、残念ながらおれの家族は関係ないよ」おれはワインをグラスに注ぐ。「それより、子供の遺体が入っていた段ボール箱なんだけど、何か描かれてなかったか」

「何かというのは？」甘遣が顔を戻す。

「たとえば、トマトのキャラクターとか」

「トマトですか？」甘遣が首を傾げる。「どうでしょう？　そこまでは聞いてませんでした。調べておきましょうか？」

「いや、いい、忘れてくれ」

その日の食事代は甘遣が奢ってくれた。

「出産祝いです」会計を済ませた甘遣が言った。

「おれは何もしてないよ」

「奥様によろしくお伝えください」と曼荼羅模様の手を差しだす。「狭い業界ですし、またどこかでお会いするかも知れませんね」

手を握る。

「もし、手が回らなくなったら仕事を回してもいいですか？」と甘遣。

「浮気調査とか、身辺調査とかで頼む」

おれたちは店の前で別れた。

日が赤みを増していた。

おれは電車に乗る。吊革につかまり、流れる景色を見ながら、おれは甘遣に伝えなかったことについて考えていた。

うちの子は九〇九号室と関係がない。

そう言った。

でも、実はそうでもなかった。

今回の仕事の報告書を藤木に渡した時のことだ。

提出した報告書は、当たり障りのない内容に上の階に住む後藤さんの奇行について注意が必要かもしれないとだけ付け足したものになった。

藤木は報告書をパラパラとめくったあと、「なんにも起こらなかったってわけか」と言って笑った。

「ああ」おれは曖昧に返事をした。

「まあ、わかってたんだけどな」藤木がコーヒーの入ったカップをテーブルに置く。

「おれも上司に言われて一週間ほど泊まって調べたけど、何事もなかったからな」

「え？　聞いてないぞそんな話」

「そうだっけ？　何も起こらないから気楽にやれって言わなかったっけ？」

「気楽にやれとは言われたけど。お前が先に調べてたなんて聞いてないよ。それっていつの話だよ？」

「去年の秋ぐらいだったかな。でも、本当になんにもなくて、拍子抜けしたよ。むしろ、健康になったぐらいで。ほら、なんにもない部屋にいても暇だろ？　だから、なんとなく筋トレを始めたんだけど、そしたらハマっちまって、今ではこの通り」藤木が拳で胸筋を叩いた。「しかし、何はともあれ、美海ちゃんが無事でよかったよ。子供も問題ないんだろ？」

「ああ」

「そうだ、仕事中に抜けだしたことは気にしなくていいから、非常事態だしな」藤木は受け取った報告書を鞄に入れる。「報酬を減らしたりもしないから心配すんな。あと、九階は正式に改装することになったよ。間取りも完全に変えるそうだ。いくつかの部屋を統合して、ＶＩＰフロアにするんだと」

「そうか」

それから藤木は子育てのたいへんさについて語っていたようだが、まったく頭に入ってこなかった。

おれは頭の中で計算していた。

藤木が九〇九号室にいた時期と妻が受精したと思われる時期が重なるかどうかを。

結果、それらの期間は一致していた。

もし、藤木が部屋の影響を受けていたとしたら？

その時、美海と藤木が会う機会はあっただろうか？

美海と藤木夫婦は宝塚という共通の趣味を持っており、チケットを取ると、しばしば三人で観劇に出かけていた。誰かの都合が悪くなり、三人が二人になってしまうことはあったし、その二人が美海と藤木である場合も幾度となくあった。では、その期間中に、美海と藤木は二人きりで会っていただろうか。

思いだせない。

可能性はあった。

大場紀夫さんは女性を誘う際、相手は絶対に断らなかったと言っていた。

二人が浮気をしたとする。

美海は妊娠した。

生まれてきたマナブは、誰の子なのか。

おれの子供か、藤木の子供か。

それとも、部屋の子供か。

家に帰ると、マナブを抱いた美海が「おかえり」と言う。

我が子を愛おしそうに見つめる妻に、「その子は、おれの子か？」とは訊けず、「ただいま」と返した。

※

翌日、事務所へ行くと、ドアの前で優馬が座っていた。

「あ、おかえりなさい」と立ち上がる。

優馬と会うのも、九〇九号室で別れて以来だった。

「来るなら連絡してくれればよかったのに」おれは中へ入る。

事務所は住居スペースにあった荷物を新居に移したので、ガランとしていた。

「これ出産祝いです」優馬が手に持っていた紙袋を持ち上げる。

「へえ、意外だな。こういうことに気が回る奴だったんだ」

「あ、彼女が持っていけって」優馬が照れたように目を伏せる。

「気を遣わなくていいのに」おれはもらった袋をテーブルに置き、キッチンへ向かう。

「彼女にもありがとうって伝えておいて」

「はい」優馬は体を小さくして、「それで、あの」と何か言いづらそうにしている。

おれはグラスとお茶のペットボトルを持って戻る。「何?」

「その、実は、彼女と結婚することにしたんです」優馬が顔を赤らめて言う。

「え?」

「だから、留年している場合じゃないっていうか、ちゃんと卒業して就職しようと思うんです。つきましては、学業に専念するため、バイトを辞めさせてほしいのですが」

「そっか、それは、おめでとう」おれはお茶をグラスに注いで渡す。「それにしても、なんというか、急だね」

優馬は一気に飲み干すと、嬉しさと不安が混じった顔で言う。

「彼女が妊娠したんです」

ベコ、とペットボトルが音を立てた。

「ぼく、父親になるんです」

十一人目。

本書は書き下ろしです。

事故物件7日間監視リポート

岩城裕明

角川ホラー文庫 22055

令和2年2月25日 初版発行
令和6年10月25日 5版発行

発行者――山下直久
発　行――株式会社KADOKAWA
〒102-8177 東京都千代田区富士見2-13-3
電話 0570-002-301(ナビダイヤル)
印刷所――株式会社KADOKAWA
製本所――株式会社KADOKAWA
装幀者――田島照久

ISBN978-4-04-107327-8 C0193

角川文庫発刊に際して

角川源義

第二次世界大戦の敗北は、軍事力の敗北であった以上に、私たちの若い文化力の敗退であった。私たちの文化が戦争に対して如何に無力であり、単なるあだ花に過ぎなかったかを、私たちは身を以て体験し痛感した。西洋近代文化の摂取にとって、明治以後八十年の歳月は決して短かすぎたとは言えない。にもかかわらず、近代文化の伝統を確立し、自由な批判と柔軟な良識に富む文化層として自らを形成することに私たちは失敗して来た。そしてこれは、各層への文化の普及滲透を任務とする出版人の責任でもあった。

一九四五年以来、私たちは再び振出しに戻り、第一歩から踏み出すことを余儀なくされた。これは大きな不幸ではあるが、反面、これまでの混沌・未熟・歪曲の中にあった我が国の文化に秩序と確たる基礎を齎らすためには絶好の機会でもある。角川書店は、このような祖国の文化的危機にあたり、微力をも顧みず再建の礎石たるべき抱負と決意とをもって出発したが、ここに創立以来の念願を果すべく角川文庫を発刊する。これまで刊行されたあらゆる全集叢書文庫類の長所と短所とを検討し、古今東西の不朽の典籍を、良心的編集のもとに、廉価に、そして書架にふさわしい美本として、多くのひとびとに提供しようとする。しかし私たちは徒らに百科全書的な知識のジレッタントを作ることを目的とせず、あくまで祖国の文化に秩序と再建への道を示し、この文庫を角川書店の栄ある事業として、今後永久に継続発展せしめ、学芸と教養との殿堂として大成せんことを期したい。多くの読書子の愛情ある忠言と支持とによって、この希望と抱負とを完遂せしめられんことを願う。

一九四九年五月三日

牛家

うしいえ

岩城裕明

ゴミ屋敷は現代のお化け屋敷だ！

ゴミ屋敷にはなんでもあるんだよ。ゴミ屋敷なめんな――特殊清掃員の俺は、ある一軒家の清掃をすることに。期間は2日。しかし、ゴミで溢れる屋内では、いてはならないモノが出現したり、掃除したはずが一晩で元に戻っていたり。しかも家では、病んだ妻が、赤子のビニール人形を食卓に並べる。これは夢か現実か――表題作ほか、狂おしいほど純粋な親子愛を切なく描く「瓶人（かめびと）」を収録した、衝撃の日本ホラー小説大賞佳作！

角川ホラー文庫

ISBN 978-4-04-102162-0

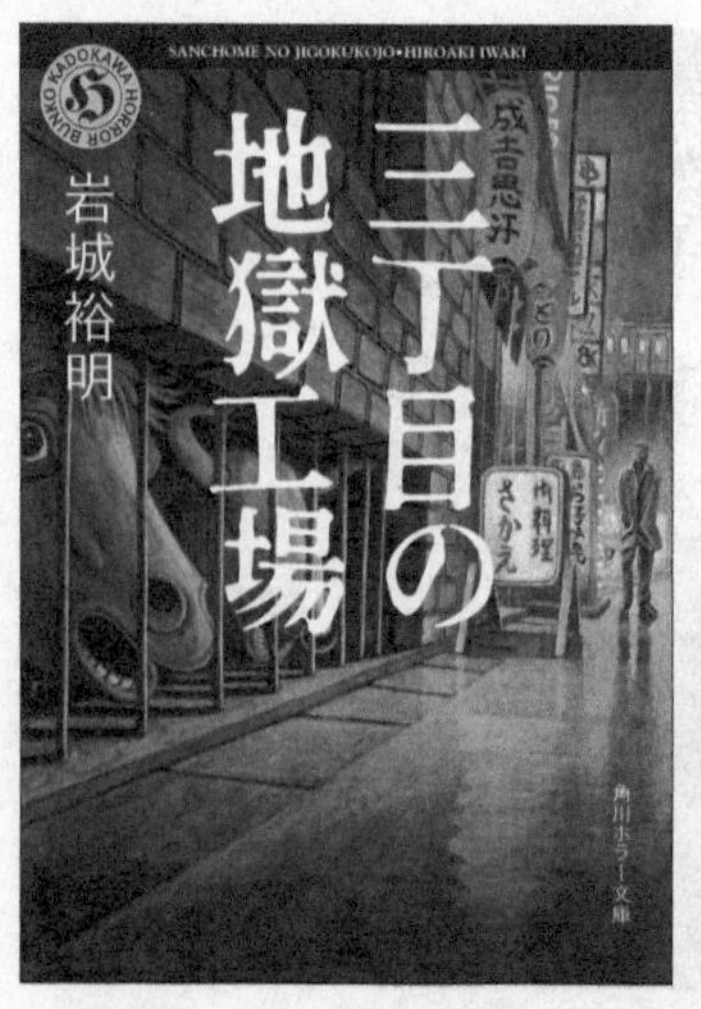

三丁目の地獄工場

岩城裕明

首筋にぺっとり貼りつく不気味な恐怖

「代わりましょうか？」仕事に疲れ果てていた私は、居酒屋で謎の男に声をかけられ、ヤケクソで「代われるもんならね」と応えてしまう。気がつくと本当に男と入れ替わり、毎朝“地獄”に出勤するはめに――「地獄工場」。片足を異常な長さに改造されてしまった男が見た世界とは？――「怪人村」。死者を漬けると数日後に蘇るという瓶に、女の子の死体を漬けこんだ僕――「女瓶」ほか、不条理の天才が描く、世にも奇妙な５つの恐怖。

角川ホラー文庫

ISBN 978-4-04-103999-1